我台北
我街道

My Street, My Taipei

胡晴舫
——
主編

目錄

好評推薦

下次再有人問我是否熱愛這個城市，一如既往我仍會回答說：大概星期二、四、六感到喜歡，但可能星期一、三、五覺得討厭吧。而現在終於可以再多加一句話了——剩下的禮拜天，我將享受翻讀這樣一本共同書寫台北的絕妙佳作。我城若可愛，此書為明證。然後，每天繼續沉浸自己的街頭巷弄，慢慢散步，好惡相隨；細細感受，千姿百態。

——李明璁（社會學家、作家）

因為這本書，我和台北，我生長也將終老於斯的台北又邂逅了一次。沒錯，老台北人如我，在閱讀的當下，又把台北走了一遍，不是地理上的，而是靈魂、心理上的。這幾位作家，有舊識、有新交、也有心儀良久卻未謀面的。其中陳雨航年紀最大，比我還長一歲，真罕見。又津恐怕是最年輕的，卻寫出一篇老得不能再老的故事。

緣分真是難說，一年前誰會想到把這麼多可愛的老中青「台北人」聚在一起。如果不是胡晴舫待過香港那麼一陣子，如果不是蕙慧求文若渴，這本書怎會問世？如果不是我們不知要怎麼疼、怎麼惜的「台北」的無所不包，他們又怎麼會聚在一起？

多可喜，香港先有了《我香港，我街道》，接著又有了我們的《我台北，我街道》。港、台兩地間文壇的相互牽引，於此也可見一斑。

——郭重興（讀書共和國出版集團社長）

胡晴舫說《我台北，我街道》是被《我香港，我街道》系列所激發，作為香港作者感到與有榮焉。城市與城市本來相連，而我們在大疫之年來到了阻隔的年代。只有文學與記憶，守護著情感的真實。幾年前一次大選之後，有篇報章的評論說台北已成香港以至華人的精神家園，其立據乃在於此城展現了民主與生活的可能。文學並不善於諂媚唱好聚眾，而是在書寫差異之中，一再摸索某些不能到達又不能捨棄的情感交結，成為了自己地方的陌生人後，我們才更學會愛這個地方。本書裡寫到的街道我去過的不及一半，但書中所有作者都是作為香港人的我，非常期待閱讀的作者。我希望在他們筆下讀到台北，就像我想念我在台北，每次夜行滑翔而過，路邊踞坐恍惚對視的街道，我想念它們一如想念自己剪掉的髮。

——鄧小樺（香港文學館總策展人）

成都路

PARTY
西門站 6

編者序

如果有一天我們失去了這些街道……

胡晴舫

二〇一九年九月中旬我從香港搬回了台北。人生那個時間點，我這個「台北囝仔」活在台北之外的日子超過了我住在台北的時間。

縱使內心深處，自我定位的城市游標已經移動不止一次，當有人詢問我來自何處，一直以來，我依然回答，台北。去台南，沿路，我的台北身分一直遭嘲笑。在東京，高個子德國銀行家由上往下瞧著我，搖頭告訴我他認為台北市容醜透了，為了我生長於台北這份事實感到遺憾，擔憂我的美學養成不優。年輕時在香港求職一份工作，印度大老闆拒絕了我，依他的想法，眼前來自台北的這個女人，其識見不足以應對大千世界。近些年香港人迷戀台北，《號外》雜誌請我寫一篇關於台北的文章，我遲疑了很久，最終我落標為「不住台北的台北人」。陳雨航在文章不斷叩問，自己是否是台北人，住在台北的高雄人不算台北人，那麼離開了台北的台北人是否算是台北人？

我的仁愛路四段35巷變成大安路，我的太陽系ＭＴＶ變成歷史名詞，我的地下社會結束營業，我的高記關門，我的敦南誠品已熄燈，這些日子，我走在因記憶而以為熟悉、因歲月流逝而陌生的台北街頭，坐在日式居酒屋裡傾聽朋友們抱怨著台北市，這些朋友在台北就學、工作、戀愛、離婚、生子、退休，在猶似運河分佈的台北街道圖載浮載沉那麼些年，迄今仍宣稱他們的家鄉是台南、高雄、台中、宜蘭、台東……當他們想要標示出他們的道德高度、或表達現世的不滿時，他們就會說，我可不是天龍人。不只這些嘉義人、雲林人、花蓮人、南投人等，在我的童年、台灣社會尚未解嚴時，還有那些山東人、浙江人、河南人、北京人、上海人等，他們都不會自稱台北人。台北不是他們的家，家是另一處迷人的遙遠所在，觸動許多甜蜜而傷感的深沉情緒，而台北並不會給予他們相同的心靈悸動。所謂的「家」是總有一天要回去的幸福所在，奶與蜜流淌之地，絕非此時此地。不像紐約，只要往口袋塞一把鑰匙、可以打開紐約其中的一扇門，任何人都會驕傲地說，我是紐約客，離開紐約的那一天會在心底暗暗發誓，一日紐約客，終生紐約客。打滾過紐約的殘酷街道，就像戰場凱旋歸來的榮譽老兵，可以終生拿來說嘴。台北對許多棲身這座城市的人來說，就像是紐約服務生看待他們打工的餐館一樣，只是暫時的不得已，他們終究要移往下一步人生。人生值得活的，不會是這裡。

就像無法選擇自己的父母，一個人不能選擇自己的出生地。我曾經羨慕這些不是台北人的台北居民，他們過年時總有個「家」可以回去，而自己日復一日留在這塊潮濕的盆地，過著窮極無聊的日子，聞不到稻香，沒有一雙黑色眼眸因為夜夜眺望遠山之上浩瀚星空而熠熠發光，我只有這些柏油路面，總是鋪不平整，滿目瘡痍的樓房和屋頂加蓋，屋主任其斑駁，只換新了鐵窗，私家車彷彿怕巷子還不夠窄、停滿了雙邊，摩托車咆哮著穿梭里弄，以後更有那自行車，絕不讓路行人，花園綠地永遠不夠，每當中午烈日當頭，每個走在路上的行人都顯得倉皇無助，言叔夏將這些台北街道形容為「春天繼母」也只是剛好而已。

不在台北的人生，我曾經問過自己是否懷有鄉愁，答案是沒有。且不論個人的生命觀有些飄忽無根，也因為我的理智告訴自己，這跟離不離開無關，就算留在原地，時間也會帶走我認知的城市，將之換置為另一座新城：拆遷中華商場，開發大巨蛋，將何致和的「黑龍江」填成「西藏路」，先廢置了中山足球場、而後又變成年輕人的工作共用空間，變幻乃城市的終極本質，我自己不止一次寫下。

然而，離開之後回來，對我來說，台北卻沒什麼變，或說改變並不那麼大，只是變舊了，比我記憶中更小，信義區看似取代了東區，大稻埕又時髦了，光華商場填進了大樓，多了幾處文創園區，書店大量消失中，水餃牛肉麵蚵仔麵線小店都還在，咖啡館和甜點店正方興未艾，一堆私廚暗藏於窗子後，然而，這座城市依然是我年少的城，填充的城市內容隨時代風格、世代品味而嬗變，外貌並未真正大規模更動。過去二十年，相較於其他亞洲城市，台北的人事物並不算劇烈變化，而這可能正是台北人想要的：落後算是某種進步的形式，不迷信過度建設；與其挖掉重來，台北人可能更希望挖掘重生，像是張亦絢筆下的木柵、景美，在都市擴張之前，原來身世是美麗河流，縱使整座瑠公圳、以及日治時代的刑場、二二八受難者的墳場一起都埋進了台北市的地底下，如顏訥所說，往生者依然會帶領她的腳步探索她不知道的台北。

然而，我從來不認為台北是一座多具歷史感的城市，應該這麼說，台北做什麼都不太上心，無論是文資保育、城市規畫、企業規模還是國際接軌，從來，台北不是太有野心。台北缺乏東京的廣闊腹地，沒有上海早早登上國際舞台的爆棚自信，相較於新加坡的雄心壯志或香港的積極進取，台北始終像是一抹陽明山的翠綠春霧，有點柔和，有點靜謐，卻也十分閒散、悠哉，始終漫不經心。大家拿這城來過小日子，整理生活細節，自得自足，不太規畫什麼壯闊的願景。說起台北市，無法一下子跳出強烈的印象或舉證無敵的特色，大家只會說生活很舒服。當台灣其他縣市戲謔台北為天龍國，台北人保持了一貫漠然，一副事不關己，或許這也是台北人惹惱其他人的原因，臉皮超厚，缺乏自省。曾有大陸知識分子皺眉頭對我說，他不明白為何台北人明明可以探索豐厚的中國歷史，卻擺出漠不關心的樣子，也有那久居海外的老華僑一面去醫院享受免費的健保福利，一面抱怨台北的長年不長進，做什麼都小鼻子小眼睛，我在公開場合遇見本土派的政治人物，想要和對方討論台北市的文化政策，對他來說，台北最大問題在於缺乏文化上的政治覺醒，沒搞清楚自己的定位。台北各個方面的不進取，管它是國際性格、商業企圖、歷史自覺，似乎激怒了所有人。當高雄、台中、台南、屏東等各個縣市已經懂得出現細膩的都市建設，發展出美麗的生活細節，身為台灣的所謂「首善之都」的台北好像沒有要急起直追的想法，一直停留在自己緩慢的小日子。

二〇一六年香港文學館在香港展開大型的書寫計畫《我香港，我街道》，邀請所有香港寫作者參與，每個人挑一條街道書寫，寫出街道的身世、以及自身的私記憶，各種形式不拘，小說、散文、新詩或論文，其後，由台灣的木馬出版社集結出書《我香港，我街道》，厚厚一本，拿在手裡沉甸甸，裝滿了香港人的時代悲涼與風華記憶，接著又出版了《我香港，我街道2》，由外地人書寫香港。有感於這兩本香港書的時代意義，尤其文學分量如此厚重，木馬出版社社長兼總編輯陳蕙慧與副總編輯陳瓊如在台北向我提出，不如我們一起來編輯《我台北，我街道》。

自問，香港書寫有其時代迫切性，台北怕是目前沒有，為何此時此刻的台北需要被書寫？

線索應該就藏在這本書的文字裡。在蕙慧總編的敦促下，瓊如協助我廣發英雄帖，如同一隻青蛙跳過夏日午後的植物園荷花池，耳下聲響不大，慵懶氣息如常，漣漪卻在荷葉下靜靜擴散——如此日常，如此台北，事情總是默不作聲地發生。就這樣，寫作朋友們逐漸交稿，焦元溥寫他的羅斯福路，崔舜華寫她的潮州街，馬欣寫她的敦化南路，吳鈞堯寫他的重慶南路，更有王盛弘、羅毓嘉在這座城市私藏了他們的男孩記憶，郝譽翔在椰林大道度過了她的憂傷青春。而以曲折方式學會在台北安置自己的人除了馬翊航、王聰威，更有思念香港的陸穎魚。閱讀他們的台北，從他們的瞳孔映出台北的倒影，當楊佳嫻的236公車從中呼嘯而過，裡頭住有陳宛茜認識的清朝耆老、陳又津描寫的公娼，以及駱以軍眼中身懷內力的各路高人，還有法國人余白，用他的鏡頭拍攝他安身立命這麼久了的第二個家。這座城市會地震、有風災，會停電，從我有記憶以來，就一直處在戰爭的威脅下（直到二〇二一年台灣仍被國際媒體光榮封為地球上最危險區，原因並不是疫情），卻是台灣新浪潮電影的誕生地、滾石音樂的故鄉，她在高行健得諾貝爾文學獎之前就出版了好幾本他的小說，孕育了雲門舞集、當代傳奇劇場，她有明星咖啡館，盛開出現代文學一整個時代，也有讓馬世芳想要像伍迪艾倫電影《午夜巴黎》情節一樣回去的麥田咖啡館，裡頭坐滿才華滿溢的年輕人，她曾讓蔣渭水氣到寫臨床講義《台灣診斷書》，鄭南榕選擇壯烈自焚於雜誌社，卻也理直氣壯將介壽路改成了凱達格蘭大道。

我曾領悟，台灣教會我的事是人權，一個卑微的個體如何在天地之間頂天立地，保存生存的尊嚴。但，我懷疑，是台北教會了我包容。五湖四海，政權迭替，一座島嶼北部的山城，不同時期住下了背景南轅北轍、思想觀念迥異、甚至生活習慣大不同的人，沒有一個人甘心，沒有一個人不遺憾，看似甜美的台北生活很多時候藏滿了小小的失落，每個走在路上的行人都像在生命的街頭躑躅不前。綠色霧氣既甜美，卻也憂傷幽幽。

台北城不是第一座台灣府城，因著淡水河碼頭，以商貿建城，繼台灣巡撫衙門設在台北城，日治時代更變成總督府，成為政治權力的據點，二戰之後，當蔣介石的國民軍隊撤退到台灣，台北市瞬間承受了中華帝國從十九世紀以來崩解的全部的美麗與哀愁，從此國族政治主導了台北市大半個世紀，或許台南人很知道自己是誰，台北人還真的不知道自己是誰，或說，已經不太在乎自己是誰了。這件事很重要嗎？

孤臣遺族的悲憤、或後殖民意識的高張，都發生在台北，都推上了台北的街頭，一波又一波。我猛然回想，我這個台北小孩對台北街道最大的記憶，竟不是那些牆上掛著自行車的咖啡館、鳳城燒臘館、開開關關的各間獨立書店，而是群眾上街。從野百合到太陽花的學生運動，支持同性婚姻的彩虹大遊行，抗議國軍霸凌事件，呼喊各式各樣首長下台，甚至每回選舉各家候選人的造勢場子，要求國家歸還原住民土地的靜坐，反對都更的夜夜群聚……這座城市的人，說到底，分明一點也不漫不經心，慷慨激昂得很。他們不介意難看的屋頂加蓋，但會為了市長說出歧視女性的話而表達巨大的憤怒，要求改變。他們的美學表現在看不見的地方，他們的堅持或許不是擁有一座無懈可擊的世界級美術館，但他們講究某種面對世界的態度。

是了，台北的淡漠氣質，只不過是面對世界的某種態度。所有的小日子，都躲不過大時代，過去一百多年，台北必須學會風風火火中如何沉靜地把日子過下去，她無法完全控制自己的命運，但她能掌握自己面對世事的態度。她討人厭的地方，恐怕也就是她最迷人之處：台北不在乎任何人，她短視、勢利，鄉愿又無情，毫無理想性格，但相較於其他亞洲城市，她已深知排除政權邏輯，回歸到人性的本質，去檢視社會價值的優先順序。宛如古希臘的雅典，她提供她的街道，讓人們公開辯論、爭執，無窮無盡地交換意見，選擇絕交、也可和解，然後繼續過日子。曾經是二二八事件的流血街頭，現在，這裡是民主的天堂。自由無法量化，唯有生活其中，方可領略真諦。那是一種無形的安全感，難以解釋，你只能有、或沒有。住在台北的人之所以「白目」，因為他對自己的生活擁有強大的安全感。這是很奇異的恐怖平衡：戰爭的威脅從來沒有消失，國際處境沒有好轉，全球城市起跑點上他們一下子就輸掉了，住在台北的人卻穩穩地生活著，而且按照他們想要的方式，恐怕這就是他們激怒所有人的原因。

倘若要我用一個意象來形容台北，我可能會用「午夜小酒館」來形容。當你一天下來又疲累又心煩、不想找任何人說話、又不願獨自回家，高樓重重疊疊的城市背景裡，你突然發現高架橋下有間燈光溫暖的小酒館，你推門進去，人不多，但酒館小，因此也差不多坐滿了，食物選項有限，你隨便點兩樣，入口之後卻都十分可口，老闆和其他熟客聊天，餘光照料著你，當你酒杯空了，他不動聲色斟滿，順道給你一個真誠的微笑，你窩著，暖了胃，耳根發熱，偶爾也跟隔壁客人交換笑話，不知何時你終於心甘情願推門出去，天色微光，空氣聞上去有早晨特有的清冷，四周無人無車，宛如末日空城，那時候的你只有一種心情：就算世界垮了，你也無所謂。這不是什麼奢華的喝酒地方，不炫不酷，永遠一副快垮掉的門面，卻總是還在那裡，在每一年最冷的日子、你人生最快樂的時刻，或只是感到無聊而已，你就不由自主向她走去，想坐上她的吧台，喝一杯甘美的調酒。

不需要等到失去才來懷念，也不用搞什麼偉大的文學排場，今日，且讓我們談論台北吧，像坐在我們心愛的小酒館裡，有一搭沒一搭，彷彿沒有明天地。敬我們的台北。

散文

有些街道是春天繼母

言叔夏

屬於火宅的十一月，什麼都是柴火。我可以放心地在腦海裡焚燒一些街道，去抵達某個已然消失的港口。對某個時期的我而言，台北的許多地方都是空島。島與島中間的街道隱沒在銀河裡，長滿星叢的蔓草。每次抵達那些島，感覺都是划船去的。記得第一次去內湖領獎時，地圖方位全然不辨。那甚至是還沒有智慧型手機的時代。公車一出了北車結界我就陷入一陣恐慌，像螞蟻竟然十分需要粉筆一樣。抵達會場的時候獎已頒完。現場已是一個雞尾酒會。散場的交談氣氛讓我有點手足無措。一個長者走過來友善地問：找不到路不搭計程車過來？我有點羞赧地把手指藏在口袋裡。忘了有沒有告訴他，出了淡水線的其他地方對我來說都是一片汪洋都需要划船。如果計程車也是一艘黃色潛水艇。

而更早一點的是什麼？是剛搬進了木柵的公寓套房，一個多山的老舊新學校，一條多風多雨的風雨走廊，垂直九十度通往山上一座浴缸般的學院，需要用抵抗整座地心引力的方式抵達。一切都是悖論式的。記憶裡有一幕是我與W初到台北的學校時，在晚間的西門町第一次打電話給H老師。我們好像說了我們不要待在這裡我們要搬回花蓮之類的話。話筒外是週末鬧區夜晚的喧譁聲，混雜著附近服飾店播放的流行舞曲重重落下的鼓點。話筒裡年輕的H老師正色對我們說：「不要這麼沒有出息。」

不知道為什麼，那句話常讓我想起童年時代被母親訓練一個人放學搭公車回家之類的久遠回憶。也許那是因為它和某種遠行前的錦囊字條有關，都需要板起臉孔使用祈使句，把棉花包在浮木裡。在擠滿高年級生的放課公車上，一條下車鈴有時就像怎樣也漂不到你這裡來的一根漂流木。一個小學生從很小就被叮囑就算有人擠在走道故意不借過，也絕對不能哭出聲音來。「因為先哭的人就輸了。」母親告誡我。好不容易擠過整車高聳的發育森林，擠到下車門邊，往往公車已經過了站，必須從下一站的下車處原路折返，回到傍晚的餐桌上。「那也是沒辦法的事。」在廚房背對著我攪拌湯鍋的母親，像說著世界運轉的真理那樣地：「你只能自己把路走回來。」

在台北的時候，我真的成為一個經常走路的人。從木柵的老舊公寓一個人沿河走到新店去。攜帶一隻裝滿水的寶特瓶。從動物園的長頸鹿煙囪開始標誌著一種起點。而終點則需靠每日的練習才能延長一點點。我走到每天所能走的最遠距離，將整瓶的水咕嚕咕嚕喝光以後，再沿原路走路回來。好像那一整條路的距離只是為了喝掉那瓶水似的。回程的負重有減輕了一點點了。我確認。並且為這種確認，真心地感到開心。而身體就會從末稍長出一條河流，在傍晚即將離去的時刻裡，我又變回一個乾淨的人了。夜裡只拖帶著一條長長的影子回家。像要把所有關於回憶之類的物事，都河流般地流掉似的。

也有一些日子在城中遊蕩。隨意跳上迎面而來的一艘公車，請它渡海那樣地將我渡到彼岸陌生的街道。有些街道淩厲起來彷彿春天繼母。有些時間的捷運車廂裡注定都是鰥寡孤獨。初到台北時我常在平日的早晨十點鐘那種白日夾縫的時間裡，從淡水線轉小南門線，搭一段只有三站的捷運車廂去到西門捷運站，看便宜的早場電影。那種時間的小南門線是一個超現實空間。光潔，明亮，可以一直看到最後一節車廂，彷彿一隻地底動物的體腔。只有老人與女子高中生的早晨車廂裡，有一種清潔的刺鼻氣息。好像乾淨得幾乎要教鼻腔裡的皮膚黏膜，都微微地刺痛起來似的。關門前的鳥鳴聲響起，我就覺得有一群鳥飛過羽毛噗哧噗哧地掉落。他們是誰？為什麼會在這裡？而我是誰呢？又為什麼會在這樣的時間裡，和他們一起在這個銀河鐵道般的車廂裡？有一個早晨我忽然頓悟，關於那些老人與女子高中生們，一起來到這城區的白日的緣故。

「那是在援助交際嗅。」

有人在我耳邊輕輕說。

寂寞的早晨與午後。寂寞的早晨與午後互相握了手。互相援助。互相交際。

沒有一個白日樹洞可以棲身的人。敬老票可以把公車搭成遊樂園咖啡杯。來程遇到的毛帽老人，黃昏的回程又再次遇到。他是不是從沒有下過車？一段票的最遠是此岸，兩段票的起點就是所有陌生的彼岸。彼岸是不是也栽滿了歌詞裡的紅花坂？需要慶祝的日子裡，我總是一個人特地搭乘兩段票到彼岸去看那些紅花。再搭一段。再往前開一小站吧。再搭一段票的意思是，生日快樂，新年快樂。我想起童年時那些無法下車而被迫抵達的下一站。想起那些從下一站獨自一人走路回家的傍晚。有時一輛陌生公車會把我放在一城郊的邊陲，遇見曾和某個人一起走過的街。一個人去到一個兩個人曾經來過的地方。不是特地為了憑弔，只是因為剛好路過而已。剛好路過一座百年水牢。剛好某些日子裡真的以為，就此就會懲罰一樣地，被永遠浸泡在那座長滿水藻的牢裡。有人輕巧地離開。積水的盆地就此成為了一座牢。有人把1號公車留給你。你和他駕駛這艘公車的母親司機，有時就會在不停下雨的某日裡互相相遇。她當然不認識你。你們只是在雨水傾斜地掉落進海面的灰日裡，她為你安靜地開過一艘船而已。

躲避灰雨。躲避灰雨來到每一年的十一月裡。十一月的城裡一年一次僅有的乾爽空氣，像一塊明礬，把混雜的什麼都沉澱到城的底部去。天氣開始變得有點冷。是用一種領先全台灣其他各地的方式在慢慢變冷的。通訊軟體裡跟一個搬到南方的朋友說這裡已經開始出動針織薄長袖。啊真的嗎真的嗎。好像來自異國的一個對話。就會感覺小小的島嶼在中間好像真有一個謎之地帶。東北季風吹到這裡完全失效。風場完全止步。腦海裡浮現島的地圖中央有一個類似黑洞般的結界。十一月裡始終吹不過林口台地的東北季風，也有它關於一個季節的知所進退吧。在風的前沿，降溫還是其次，最重要的是空氣裡有一種什麼會慢慢地變得乾燥起來。像城市裡有人開啟了空調，把我們都放進一個透明玻璃罩，睜著眼睛從玻璃的外面看著。街道上的天空可疑地高。高得像只是抬頭仰望它，就會從那上面摔下來似的。我在黃昏裡提著晚餐的菜從超市回來，走在空曠無人的巷道裡。感覺身體火柴一樣地劃過了乾燥的空氣，就要嗶嗶剝剝地燃燒起來。

那樣的日子。會以為自己終將在這樣的一座城裡，紙花般地被壓扁，摺平，老死。

年輕時一起抵達北城的友人W君總在玩笑中說：請帶一束白菊花來看我。意思是：我沒有一個叫作故鄉的地方可以回去了。

我們的年少時代在此城度過的白夜，用一整座南方的身世換來的時光，一不小心就拉得長過了花蓮。這真是一件叫人不甘心的事。二十二歲以後的白日白夜，既輕且重；保麗龍球般的白晝月球，幾個公車轉彎以後便看不見。但你知道它一定會一路漂浮尾隨，像某種護持。夏夜太短。而冬夜總是一逕地長。發紅發亮的老舊電暖爐前，就把雙腳烤得跟棉花一樣鬆軟。「因為這樣春天才能走路去更遠的地方。」啊W怎麼可能去更遠的地方?我笑鬧。你連夜晚走路都要防曬月亮。我們在城市的邊陲動物園旁一條平凡無奇叫作新光路的大路上,沿著凌晨三點的風邊走邊唱,跟偶然經過的流浪漢揮手歌唱。唱一首一年老去一點點的歌比如親愛的你在煩惱些什麼呢。雨已經停了所有的星星都亮了。動物園的大象紅鶴都睡著了的深夜。所有的星星真的都亮了。凌晨三點的台北是一種花蓮。雖然它離海其實很遠。雖然我很久沒有火車了。但我們在一條河邊的老公寓裡用剛剛上線的YouTube點一首舊歌來唱。唱到天亮。

我們的河堤老公寓深夜自助KTV開張。年輕時代僅有的貧窮夜唱,夜夜到天明。沒有鈴鼓沒有歡樂吧。一首老電影裡的舊歌從水管裡流瀉:我的爸爸媽媽要我去流浪。流浪到哪裡?流浪到台北。我要尋找心上人……

電影裡年輕的油漆匠從高樓墜落。那樓再怎麼高也高不過太魯閣山壁。他年少時代的各種跳遠練習:如果他能跳得比一座懸崖還遠,如果他能跳得比一座大海還高。他一定也可以跳過此刻的死亡。

而多年以後。

有重物從窗外重重墜地的時候，會忽然聽到夜晚的街道上，傳來事物靜靜碎裂的聲響。忽然就陷入整個房間其實是在一個巨大玻璃罩裡的恐慌。救護車的鳴笛嗚咿嗚咿劃破玻璃窗。車頂警示燈的紅光在窗外閃爍，像誰的紅眼睛在窗外探看。你在心裡知道：是那個年輕的油漆匠。

然後，在黃道進入第八宮的時候，會與那玻璃罩外的一雙眼睛忽然相對。並且驚覺那窗外注視著的雙眼，其實是一隻過大的貓。

貓在這個房間的窗外靜靜看著我。把濕潤的黑色鼻頭，都緊貼暈染上晦蒙的玻璃窗。他也是一位吃了蘑菇變大變小的愛麗絲夢遊仙境角色。身體消失不見，然後把笑臉掛在窗上。整個夜晚我睡不進去，我睡不進去一個開窗的紙箱。必須深夜打掃。必須熱烈愛好刷洗深夜浴缸。必須拎著一串找不到門的鑰匙下樓出門，在長長的夜風裡疾走奔跑。

走過杭州南路金華街。走過低矮屋簷古美術廊。走過師大黑夜長長的圍牆。夜裡小公園微微發抖的無人鞦韆裡坐有兩個人。黑影是用風剪過的。我幾乎要以為其中一個是我。有一個夜晚我走很長的路到潮州街的那棟樓底下，在門口的階梯上坐了很久很久。最後一盞窗口的燈都熄滅了以後，再沿街走往辛亥路。九十秒的綠小人愈走愈快在一條無人的街奔跑過一隻寂寞的斑馬。感覺把這條路走到了沒有以後，我就會真真正正地回家。末班車已經離開。再不會有一艘深夜236亮著水母螢光停靠。我小丑魚那樣地避險游進了公車站旁的24小時自助洗衣店裡，感覺已經游過了整夜的礁岩。我在自助洗衣店附設的等待座位裡，看一份三十分鐘前剛剛過期的午夜報紙，聽滾筒洗衣機裡翻騰的一座小小海浪，會忽然舉目無親地哭了起來。

但再也沒有走進過那條街。

有些街道在季節的洪流裡注定應聲斷裂，自此作廢。有些關係後來散了像只是弄丟一隻鞋。它們被掩埋進宇宙河道的盡頭，連同那些走得最遠最遠的詞語與意義，後來只是漂浮的空島。腳最重要。腳最重要。在心裡默念三次然後吃下一隻腳。我會永遠擁有這隻沒穿鞋的腳。

而抵達那裡需要划船而過。

或者把鐵軌架在海面上。那樣的時候，多想成為一列冒煙的火車。

有時也想頂著一顆著火的頭在城市裡竄走，焚毀來時路，做一個從頭到腳乾乾淨淨的人，那麼也許就能像那首民歌裡唱的，在這後半生的城市裡長生不老了。我頂著頭顱安靜得像一顆失火的洋蔥在初冬的城裡火球一樣四處流竄，四處點火。記憶所到之處，燃起熊熊大火。有些回憶必須是一次性的。紙花一樣燒完了就沒有了。於是我希望它燒得特別地慢。火光裡總有影像晃蕩。像年少時的一間電影放映室。有些人在電影的中途開門進來，像只是旅途中偶然加入的便車旅伴。一部電影的觀眾就是另一部公路電影裡的乘客與駕駛，並坐在同一部黑夜的車廂。我們至少還可以擁有一扇擋風玻璃的遠方。有些人在中途下車離場。他去了誰的故事變成了另一個敘事裡的主角從此再也沒有回返？留下的這個故事車廂還會再沿途打撈誰上岸？總有一個座位是保留給下一個上車的旅客的。我拖帶著身體裡一個著火的房間住進另一個城市新搬的房間，感覺自己在季節裡的一再搬遷是懷孕的一種並以此去假裝成為一顆多層多腔多瓣膜的洋蔥。有一顆洋蔥長大沒有成為咖哩飯。有一顆洋蔥在流理台一不小心就被動物一樣豢養了下來。有一顆洋蔥，在十一月的尾巴一直竄高去假裝一株緊閉的水仙。水仙水仙幾月開？十一月開不開？不開不開不能開。不能開的永澤君。只要一直忍著不打開，就不會有人知道他是一顆哭過的洋蔥沿路邊跑邊著火。

賣夢的人。

賣夢的人頭頂長出雲。邊跑邊冒雲。黑白影像的《夏日之戀》鋼戳一樣的印記烙印在這十年：抽菸的短髮女子邊吐煙圈邊假裝自己是一顆狂奔的火車頭。她一直奔跑一直冒煙。跑到鐵軌深陷。跑到一座城的地基傾覆掩埋了她。跑到沒有的生活。謝謝台北。即使是繼母，十年也像是一部電影收容了我。

敦南觀止
精工落成・最後壓軸
2588萬起 3房2車位
8931-2888
中星興開發

散文

再見一次也很好——唱片迷記憶中的羅斯福路四段

焦元溥

前幾年因為五月天專輯《自傳》中的〈任意門〉，讓一家叫作「搖滾萬歲」的唱片行受到關注——是的，那不是編出來的歌詞，真有這家唱片行，曾在士林文林路468號二樓。雖叫「搖滾萬歲」，店內什麼音樂都賣，包括頗具規模的古典樂，一度還兼營咖啡廳。

為什麼我知道？因為我也是在「搖滾萬歲」度過青春期的孩子，透過這家唱片行建立我最初的音樂收藏。即使現在家裡CD堆積如山，我仍能明確指出，那些在「搖滾萬歲」購買的唱片，每張都記得。

真的不可能忘記。

然而要談唱片行，而且是古典樂唱片行，有條街和文林路一樣，在我心中有不可磨滅的地位。

我和古典音樂結緣早，十歲開始著迷這門藝術，高中聯考後為雜誌撰寫相關論述。雜誌社在新店寶橋路，對那時的我來講，簡直像在七星山。稿酬一字一元（嗯，那時就是一字一元），由於還未成年，郵局開戶太麻煩，因此我每個月都爬一趟七星山，搭漫長的公車去請款，順便和編輯聊天。我寫的是長篇專欄，字數常在八千一萬以上，稿費以一九九三年的物價水準和高中生的生活花費來說，相當可觀。但不幸的是若要回家，就必須在公館轉車。這一轉，稿費也就所剩無幾了。

雖然也沒太久之前，但那是一個沒有YouTube，沒有ＭＰ3，音樂要透過實體媒介播放才能聆聽的時代。也就是說，想要欣賞錄音，需要花錢。由於店家頂多提供選擇性的試聽服務，購買唱片也就成了賭注與投資：受限於財力，買家對曲目與演出者，下手前多半做了功課，對買到的錄音多少也具有敬謹之心，特別是那些自己親自體會，確實偉大神奇的演出。喜愛的演奏不只要聽上數十遍、數百遍，唱片封面也會牢牢刻在心底，包括廠牌圖案與代表色。人同此心，那也是講究設計的時代。黃標、紅標、紅藍標，對應的是不同的封面色調與構圖美感，自成體系脈絡，讓人有親切的熟悉感。這也是為何當Philips和EMI易主，掛上Decca與Warner商標，就如285被粗暴地改成「敦化幹線」一樣，會令有情人惱怒——唱片世界已然崩毀，難道連記憶都不讓留下嗎？

隨著唱片世界崩毀的，還有唱片行與店員。賭注與投資，不只在買家，也在賣家。面對客人，賣家必須具備相當的知識，能介紹曲目更能介紹演出者。如何讓入門聽眾買到合適錄音，這其實比想像中困難。與其說賣家要建立權威，不如說要建立信任感，讓買家感覺每賭必贏、投資必賺，才會從生客變成熟客。這雖然是為唱片行建立固定財源，也是——應該說，更重要的是——展現賣家的音樂素養與鑑賞美學，讓唱片行成為值得花時間流連駐足之地，初聽者學習的場所。

這也就是為何公館唱片圈會這麼迷人。對古典樂迷來說，羅斯福路四段38號的「派地」，142號的「玫瑰」，加上汀州街東南亞戲院樓下的「兄弟」，以及辛亥路一段上的「經典」，構成了最美好的音樂風景。唱片固然吸引人，更有魅力的是人，店長、店員與顧客共同交織出的聆賞氣氛與唱片文化。台大、師大的教職員與學生，提供了唱片行裡源源不絕的談資。公館又是公車樞紐，增加了各式各樣的客源。

那時候買唱片是自己的事，卻不是一個人的事。店員會和你聊天，問你是否需要協助。即使是個性怪異，自認不需要協助的我，也總會被店內播放的音樂迷住——雖然那可能是店長的私人收藏，只是自己放來聽，根本沒貨可賣。如此一來，就自然開啟了話題。在一九九三年禁止真品平行輸入之前，這幾家唱片行各顯神通，進口稀奇古怪的錄音，打造自己的美學世界。在著作權法通過之後，店員的品味以及顧客掌握更為重要。如何訂購特殊版本卻不造成庫存壓力，是唱片行能否鶴立雞群的關鍵。不然主流大廠各家都賣，特色從何而來？更何況那時還有西門與東區兩家「淘兒」唱片行，那可是能從日本或美國分行直接調貨的國際連鎖店呢。專單到貨，樂迷總是蜂擁而來。已經不記得究竟是怎麼知道訊息的，彷彿空氣都在傳聲，尤其是來自俄國與日本的專單，簡直讓人瘋狂。聞訊趕到店裡，看到一群樂（ㄊㄨ）友（ㄧㄥ）早就踱步搜刮，心恨加上心癢，也就忙著入列，從字母A一路看到Z。

那是奇妙的、歡迎各種意見交流的空間。我到現在都還記得當年看過的，幾位神色狷介的大學生，在店裡高談闊論的樣子。但印象中倒也沒有什麼太了不起的爭執；畢竟在網路興起之前，就算舞刀弄槍，面對面聊天還是會客氣幾分。雖然有客人能一次橫掃數家唱片行，但有錢有閒至此者，畢竟不會太多。玫瑰、派地、經典裝潢不同，擺設不同，店長不同，塑造出的客人也不太相同。出入唱片行幾年下來，得了很多知識，當然也聽了很多偏見，但無論是哪一種，都是不可或缺的思辨養分。有時我會想，如果不是在這樣的環境中成長，我的聆樂經驗會變得無趣很多，我也會成為一個更令人討厭的傢伙吧。

時代各自不同，但世代沒有優劣之分。在串流當道的今日，愛樂者可以便利且便宜地欣賞大量音樂。這是好事。只是我固執認為，自己幸運經歷了比較好的時代。日後有機會造訪世界各大城市，探索各式唱片行，我心裡比較的基準依舊是當年的羅斯福路。欣賞所有藝術，積累都是關鍵。五十歲看《紅樓夢》，必然會讀出十五歲初讀時所沒有的心得，但也一樣會召喚起十五歲那時沉澱在心裡的感受，無論有意識或無意識。也因為這是無可取代的個人經驗，積累必然和「實體」有所聯繫，那可以是一個人、一本書、一座場館或一張唱片。之所以放不下紙本書，捨不得黑膠或CD，絕不只是閱聽習慣問題而已。

公館唱片圈後來變得更熱鬧，大眾唱片與誠品音樂加入戰局，都掀起話題，後者開館更堪稱文化界盛事，只是我仍然主要在羅斯福路上那幾家老店購物。無人能料的是極盛之後竟是極衰，一切發生地太快。二〇〇三年台灣「淘兒」結束營業，唱片市場進入連鎖店天下，但品項愈來愈單一。晚加入的大眾反而先關，到了二〇〇七年三月，就連公館玫瑰都決定停業，一個時代就此結束。現在到台大念書的學生，多少還能從新生南路上的書店遙想昔日書街盛況，但公館唱片圈的輝煌過往，竟消失地乾乾淨淨，一點痕跡都沒有了。

「那個唱片行，何時已不見？是誰說過『搖滾萬歲』？」文林路還是文林路，羅斯福路還是羅斯福路，四段依然車水馬龍。滄海桑田，但我依然記得它在我高中大學時期的樣子，走過那些門牌仍會心神一驚，想想我們究竟付出了什麼代價，所得是否彌補所失。曾經堅定相信，不只搖滾萬歲、古典萬歲，唱片行也是萬歲萬萬歲，會和音樂一樣永存，連照片都沒想留下，身邊只剩幾張會員卡。只是若有任意門，我真想回去當年的羅斯福路，再從辛亥路走到公館站牌，看看唱片行裡的老友與論敵。雖然忘不掉，再見一次也很好。

小說

過了馬明潭[1]——木柵路上那一日

張亦絢

01

從兩排飄揚的白麵線中間俯衝過去！

哇！真希望軟軟的瀑布牆都不要停！之悠勾住一根麵線，不太有力地辯解：不小心。不知為什麼會有奇怪的犯罪衝動，白麵線太可愛……她想成為白色海洋的一部分。可也不能留著罪證，只能跑呀跑，讓風把麵線吹到身後：下次我要克制呀！改過呀！一定做個不受麵線誘惑的好小孩呀！

這些街後面趣味無窮。除了曬麵線，水溝上架著木板，過河時就覺得好歷險。草坪上有任何會跳的東西，之悠就撲上去，有時頭會撞到看歌仔戲的大人褲管腳。

十歲之前，之悠都住在大街兩邊的後頭。大水後，就搬到另一頭的公寓三樓，畫一個對角線就到。搬家前，之悠與爸媽分別了一個多月，寄住不同地方。據說那段時間，爸媽都在將污泥從牆上刮下來。必定很難吧，對那兩個笨蛋來說。

沒先想到小孩。第一次衝出去，忘了眼鏡，戴眼鏡後，在外頭處變很驚。等到之悠被晃醒坐在鐵床上鋪，小活佛般地為自己開悟：「想來這就是『煙水』的意思了！」彼時水位已高到紗門推不動。父母兩人在門框邊，喜劇泰斗般扭個不停。——那真是一個深深的夜。

次日，之悠在鄰居二樓，俯看游泳的豬群。水急，看不出來豬害怕或快樂。不是所有的人都有機會看到豬游泳吧！我何之悠真是個獨一無二的小孩啊。

搬家後，之悠還上幼稚園。不同的是，她被「放著」等娃娃車的位置，從郵局對面的雜貨店，改成幾公尺外的釣具店——雜貨店現在變成「麗嬰房」。倒是寫著「雨具—雨鞋」的釣具店還在，有天可能會標上「五十年老店」吧。成年的之悠走去老郵局，中途發現房屋仲介公司也放了招牌，寫著「歡迎寄放物品、寵物與小孩」。

巷裡曾有個香港人的店，有個唐寶寶，也偶爾「寄放」在那。香港人下午兩點開始，固定要卡拉OK粵語歌，之悠若是一點四十衝進店，他就會微慍——後來熟了，他就不在意，之悠還在吃燒臘，他就唱起歌來。巷子出來左手邊，小麵店旁曾是「明貴堂」書局。賣過夏宇初版的《腹語術》。二〇一〇之悠舊地重遊，忘記招牌上的「明」或「貴」掉了，久久懸空。現在變成了藥局。

賣房子的男人說：「這區還好，中國人還不來炒房，若開始了，房價就要漲。」「真的假的？」——之悠思索，房價的影響會是什麼呢？前不久，之悠帶親戚小孩參觀台北市，到了某處，脫口道：「這區我就沒什麼特別的感情。」

「為什麼沒感情？」小孩問。之悠道：「因為這區『樹小牆新畫不古』。」然後解釋意思。言下之意，之悠想到自己長大的地方：縱有千般不是，至少，那裡絕不是「樹小牆新畫不古」。

02

小學教小學生養蠶，卻不教他們如何買桑葉。有陣子桑葉原因不明短缺，之悠有點驚慌。幸運的是，何之悠得到鄰座同學明確的指示：「仁美幼稚園有桑樹。警察局後面花園，也有一棵桑樹。妳可以去摘。」

小孩是不被鼓勵去街上的，那時街上也沒什麼引起小孩興趣的東西。除非是麵包店裡的果醬麵包。之悠到學校，總是穿小巷從後門進。到街上，還是到警察局，這是大大的冒險。

值班警員聽之悠稟報後，擺擺手就讓她進去。——之前把警察局想得多麼神祕呀。當然沒事是不能上這來，但只要「師出有名」——我七歲就進街上警察局採桑葉了。能說我不了解這街嗎！

街上工作的人常說，這一帶的人不錯。生機食品店的女生道：「從來沒偷竊的事——哪像其他分店！」之悠聽了窘，想說：「道南橋下也有幫派火併呢。」但不好意思說，火併是很多年前的事了，自己還是看電視節目才知道。「都有啊，幫派啊，妓女戶啊，什麼都有。」之悠媽媽道。「妳早知道？」之悠微微吃驚，她是大人了，難怪媽媽肯開口。

「我要做家庭訪問，哪裡都得進去跟家長談話呀。」之悠很想知道更多，但媽媽不會說，她媽媽就是這樣。小時候，之悠說：「我想出去玩。」媽媽就會說：「妳出去會被強暴。」之悠不知道「強暴」是什麼，總被媽媽氣得要命。媽媽大概是受「1975陳琇明命案」的影響吧。

陳琇明公祭的地方也在大街上，以前的欣欣客運停車場。為什麼會在停車場公祭？高中女生陳琇明一下公車，就被三個男人尾隨、強姦、扼死——公車變成死亡公車，也許客運有伯仁之慟。結夥三人竟是常常當街擄人。受害也不止一人。

媽媽覺得外面很亂，之悠覺得她怎麼都沒看到「壞人」。不過，就算只在小學裡，她也知道，世上什麼人都有。比如很會說故事的老陳老師。

有一天，不知老師受了什麼刺激，突然連番辱罵他們，又說：「你們只要待在這裡，一個也考不上大學。」他們都只有十歲，但還是想上大學。七嘴八舌地問：「為什麼？怎麼會？」

「因為這裡壞。壞透了。」

「難道連何之悠都考不上大學嗎？」有人提起勇氣問。

「連何之悠也考不上。」老陳老師斬釘截鐵。

全班都沉默了。五十個，五十個十歲的沉默。

「唉，可能大陸的家裡出事。想家吧。」媽媽說：「又或者，是這裡。老陳老師的女兒甲狀腺有毛病，大概這個影響，落榜了兩次。可你們甲狀腺又沒毛病，怎麼會考不上？」

接著話風一轉：「什麼爛人都往我們這裡丟。妳給我聽好，新來的自然老師教妳做什麼，絕不可以單獨去！他在原來學校弄大學生的肚子！這種人三番兩次調到我們這！說處罰他？是處罰誰？」

「那你們怎麼不反抗？」之悠不清楚事情的本質，只知道媽媽因為不公平而憤怒。「反抗個屁！」家裡沒人說髒話，「屁」表示媽媽忍受的極限：「他在老師辦公室也開黃腔。我們這叫自身難保，反抗個屁！」

之悠剛讀過白先勇的〈謫仙記〉，老陳老師與自然老師，感覺都與這個「謫」字有關，但兩人又不太一樣。他們不算謫仙吧？只是，這裡為什麼被當作謫地啦？

之悠開心走的路，好好吃的蚵仔麵線，總來築巢的燕子，還有樹木發出的陣陣香氣，菜市場裡大聲說「老師早」的伯伯阿姨——我們是壞的嗎？

之悠想起學校幾個從小沒爸爸或媽媽的「不幸」小孩——從沒看過乙玲哭，任何時候都笑咪咪。蕭建隆是很皮，但被誇獎一次後，現在都變「紳士」了（只被誇獎一次喔）。更別說跟我最要好的阿琴了——這一切，難道可以叫作懲罰嗎？

難道這一切，是一個罰人的地方，會有的嗎？

03

「你們很鄉下吧。」

「好土喔！」

「為什麼叫那麼難聽的名字呀？」

代表學校出去比賽、活動時，老是被找麻煩。

是呀！為什麼不忠孝仁愛？不中山中正？這些名字至少給人不會有錯的感覺，

也不會引起側目與嘲笑。

「你們叫木柵，是不是你們都很詐？哈哈，木柵奸詐，木柵奸詐。」

小學生的侮辱也有一陣一陣的流行，那陣子「奸詐」是「至高的侮辱」。

好大一片沉默。

好像老陳老師說他們全考不上大學那次。

從後來同校同學歡天喜地的樣子來看，之悠把「台北小孩」都罵到抬不起頭了。學姊小邱最後還臨去秋波地啐道：「早警告你們不要惹我們家的女暴君，知道厲害了吧！」

「柵湖線首先就行不通。」之悠媽媽提起捷運當初選名字的事。

「哪裡行不通？」

「打麻將的人不喜歡。說是最討厭人詐胡。」

「這根本小學生。」之悠想起往事。又道：「再說，從沒聽過如此重視賭徒感受的國家。」

04

木柵有兩個木字，若偏旁冊也木造，真是「木木木不完」。不那麼「命中帶木」的「景美」，跟木也有淵源——最早沒這個「景」字，用的是「梘」，唸「剪」。陸游的詩「竹筧寒泉晨灌溉」，梘筧是相近字。竹筧是竹子取水的管子。

梘就不一定竹製，但原理相似，都為運輸。把它想成「古代管線」就很好懂，是給「物」通過的設計——什麼物那麼重要，要把它運來運去呢？農耕時代，那就是水。景美從景尾來，景尾又從梘尾來的——有梘尾梘頭，指的都是灌溉建築，台語發音的「景美」不從「美」從「尾」音，就是還保留了農藝的記憶。

梘尾溪的另一個名字則與平埔族有關，「霧裡薛溪」的族語意是「美麗河流」，是

「還不叫景美溪之前的景美溪」。雖然霧裡薛社是不是屬於雷朗四社，因年代久遠，有些朦朧，但平埔族先於漢人屯墾，生活於斯，是錯不了的。名為韓君孝仔[2]的平埔族人，在清朝乾隆年間留下契約，記載了平埔族與漢人商議的土地與水利事項。那時，不但有霧裡薛溪、霧裡薛山——還有霧裡薛圳。這是比著名的瑠公圳還早十多年的灌溉水道，兩者都建於十八世紀。到了日治時代，霧裡薛圳被併入瑠公水利組合，才慢慢形成有點「知瑠不知霧」的局面。

可提到木柵路就不能不提霧裡薛圳，因為木柵路一段的前半，與霧裡薛圳的舊道是有所交疊的。總之，曾經稱為「深坑景尾道」的路，在一九〇三年十二月動工，主持的是深坑廳，經費據說由民眾捐助，這一點，倒是頗堪玩味。

經過四十七年後，成立木柵鄉時，將路定名木柵路，並將約九公里的路，分為五段。這時反倒用了建路之初，不若深坑景美歷史輝煌的木柵為名。

何之悠出生時，木柵景美都併入台北市了。可是同學老師，都有深坑人，感覺上就更打成一片。以首都為尺，木柵是繁華裡的偏鄉。以山林來丈，木柵又變太近紅塵的偽田園。

木柵路也是這樣。

典型又乏味的都會景觀，銀行超商連鎖咖啡，它一間也不會少。但小鎮那種店主貴族耍廢，隨便開開隨便賣，它照樣一副完全不會被比下去的樣子。睡美人般的城堡，也會忽然躍出金色的鯉魚——老宅改造的「TAIGA針葉林」開在木柵、保儀與開元三岔口時，之悠快樂極了。整整做了三天夢，夢見木柵擷取了京都、巴黎、紐約的優點，變得別致、氣魄——然而又很木柵。

台北城北的公車司機跟之悠聊天，有時會不可置信地問：「妳確定木柵真的屬於台北市嗎？」之悠會一愣，在熱力四射的質疑前，誠惶誠恐地答：「不，被你一說，我什麼都不太確定了。」老司機應是保持著老記憶，沒有同步更新。之悠覺得這也很好——這有好似真理的祕密。

05

坐到捷運萬芳醫院站，就有很多公車回木柵路上，但她偏愛236。——有時她也順著興隆路散步。在文山運動中心前就想，啊要來攀岩。在海巡署前就自問一百遍白癡問題：為什麼海巡署不靠海？左手邊有「關愛之家」[3]，之悠會想到田啟元[4]或畢安生[5]。然後她會感覺過了馬明潭，左轉不遠就是木柵路三段。

那天晚上，她坐到木柵站下車。

她感覺後面有人一路跟著她，她心裡毛毛的。「阿姨！阿姨！」後面傳來微弱的呼聲，之悠更害怕了，鬼故事也聽過的，不回頭，鬼會自動消失吧。

她拚命往前走。

「阿姨！」鬼跑到她面前了。悠之笑了。原來是他。有次有人到便當店裡告狀，說他交了壞朋友，他被爸爸打到哭，被便當吃一半的之悠勸住了——以後少年在路上看到她，就會依依——。

進門後，坐下來，之悠問自己：想到鬼的那一瞬，妳是不是，也想到了帆光？

06

「帆光車禍過世。高媽媽很傷心。」媽媽寫信告訴當時在國外的她——媽媽到底也不糊塗。

上小學後，之悠突然跟帆光岔開了。小時候不是這樣的。外婆生病時，媽媽總匆忙把她放到帆光家。帆光教她許多事。比如說，帆光一家搬到這，是因為前一個家淹水了。之悠不懂「煙水」。帆光抓了幾台小汽車，在浴室示範給之悠看。「懂了？」之悠點頭：「給玩具洗澡。」

07

之悠全家要搬離木柵。轉學已經辦好了。

現在，她在國小對面的木柵區公所閱覽處，最後一遍讀她寫的字。

那是奉教務主任之命，擬的「小朋友報紙」企畫書。她先介紹了「木柵」的地名起源。「木柵，是防番建築的名稱。」

之悠在圖書館找到的資料，讓她大吃一驚。書本用字很典雅，顯見寫的人很有學問。不，不是齊覺生[6]，之悠跟他女兒學鋼琴，看到齊覺生的名字，她會更吃驚。最可能，是黃得時[7]吧。那時，她還不知道泰雅，只因知道「木柵」兩個字，並不亂七八糟，並非毫無意義，還是記憶的門——這就讓她感動。

幾分鐘後，教務主任會笑得合不攏嘴：「真好真好，」他道：「我住這一輩子，還不知道木柵原來有意思。」之悠會偷偷嘆息：幾行字就高興成這樣，我們果然是鄉下學校啊。

再幾分鐘後，之悠會在麵包店門口遇見帆光。一進一出，就那麼巧。她應該道別，但她沒有，還把身體歪一邊。因為一種說不出來的小孩矜持與害臊。

那天她特意不抄後門小路回家，覺得她從學校正門走到郵局，這樣短短的失蹤，不會被媽媽發現。她並不想吃果醬麵包，就像她沒要寄信，她覺得她有權走這一段路，因為這是她在木柵的最後一日。這種眷戀，是她和帆光一起時才開始有的東西。她是威風凜凜的女孩，但她曾經到哪都要揪帆光的衣角才安心。

此後，他們沒再見過第二次面。

1. 儘管日治時代，馬明潭已填平，這個地名仍長期被居民用來分辨所在，居民會用「過了馬明潭」或「還沒過馬明潭」來表示位置。關於馬明潭名稱的由來有不止一種說法，其中之一是，八個原住民在潭中游泳，一人溺斃，其餘七人環湖哭泣，因「哭」在原住民族語中為「馬能」，故名「馬能潭」，後因「文雅化」，改稱「馬明潭」。二〇一三年，永建國小遷校，發現生態豐富且珍貴的古濕地，因而有「馬明潭生態園區」設置，園區的公車站為永建國小，與長年稱為馬明潭的公車站略有距離。

2. 在看清代的契約文書時，「君孝」兩字經常會出現，有時前面加「老」是老君孝，有時後面加「仔」，是「君孝之子」，這一家簽立了不少契約。有學者做出族譜，但對於他們之間的世代關係（父子或祖孫）意見並非一致。「君」並非「先生」之意。韓姓似乎是較晚才出現的，時署時不署。

3. 從早年照顧愛滋感染者至近年收容無國籍或移工孩童的社會福利組織。

4. 田啟元（1964-1992），台灣劇場工作者。促使「關愛之家」創辦人開始公益組織的友人。

5. 畢安生（1948-2016），出生於法國，與男友長居木柵。對推展台灣電影貢獻良多。二〇一六在男友病逝後，自殺身亡。

6. 齊覺生，政治大學教授，一九六〇撰有〈木柵鄉誌略〉。

7. 黃得時（1909-1999），台灣重要文學家與兒童文學家。在《台北市發展史》一書中，曾解釋「木柵」乃「設柵禦番因以名」。

壽司
阿家

散文

台北石頭記

駱以軍

我是在二〇一七年像著魔迷上壽山石後，才迷惘像在一張已經墨漬極淡且破碎的複寫紙，重新闖進可能二、三十年前，我父親那輩人曾經玩得不亦樂乎，但又阮囊羞澀，附庸風雅，更多時候是在那世界沒有網路、沒有智慧手機的台北，師大對面的和平東路一段，到金山南路，乃至金華街，這一區的溝渠狀小街、巷道，他們曾經對石頭，整代人耽美其中的摩登時代。我父親晚年手頭頗緊，事實上他一生的錢可能花在借好友（當然不用還），買那塞滿永和老家滿屋子書櫃的精裝古文套書，其實他並沒有甚麼收藏癖（或戀物），晚年他收了十幾方硯，主要是端硯，有一方松花硯，但其實那些硯並沒到收藏品等級，也就是文人手癢，在我不知道當時街景是如何的師大附近那幾家筆墨莊，被店家捧兩句買的。有一段時間他買了許多宜興茶壺，非常小巧玲瓏，紅橙黃綠紫，扁的方的仿竹節的雞蛋型的阿拉丁神燈狀的，四、五十把應該有。當時我們看他玩這東西的心情，應就像我兒子們現在看我迷壽山石一樣，「什麼破爛？」但其實若我父親當年有一絲投資的心思，真的花稍高點價，買把那年代還年輕便宜的大師手工壺，現在應也可當我駱家的傳家寶了。但我父親太文人作派了，「不役於物」，他自己在永和那老屋有一方小庭院，他養過蘭，搭棚架種過極難養的金銀花，種曇花，讓我開車到鶯歌買大陶缸，到陽明山買山土，到植物園農試所買荷花種子，在我家小院養荷，也種白梅，種木蓮，但這些樹全等他離世後，才枝葉盎然，每年燦爛開滿一樹連鄰居都在牆外讚嘆的花。他也喝茶、泡茶，但好像沒甚麼朋友來家和他悠閒泡茶。所以我覺得他當年在師大對面和平東路，到羅斯福路，那一區的筆墨莊，硯台專賣店，紫砂壺小店，應是真的開心的「玩」，不形成手頭窘迫的隨興玩之（因為他的退休金都被我母親拿來支援兩個沒收入的兒子啊）。

等我迷上壽山石後，像湊不到時光鑰匙，進不去那曾經的密室，輾轉聽一些老前輩說，啊，當年的壽山石繁華夢，整個在台北啊。他們懷念感嘆地說，那時候在建國玉市，一根荔枝凍，那麼大一方印，幾萬塊我還不要呢，後來福州那邊炒起來了，現在一方，百萬起跳啊。當時老芙蓉極貴啊，那是從清朝、民國一路珍貴得就僅次於田黃啊，台北這些老頭，哪看得起荔枝凍，小小一方芙蓉章，他們就捧著手發抖、淚眼汪汪啊。二〇〇〇年壽山那邊大出芙蓉，一開始還說甚麼老性芙蓉新性芙蓉，後來哪管了，量太大了，嬌豔凝潤的一堆，這該怎麼說呢。這樣的故事我聽得像天寶遺事，抓耳撓腮，我喜歡壽山石的時刻，不是說對極品絕美壽山石的遲到，而是對於那個搖曳生姿的台北某個年代的遲到。有一次，一位俠女性格的石頭癡，僅因看我臉書亂嚷嚷我迷上壽山石，便慷慨和我約在我常去的鴉埠咖啡，拿出她收藏了二十年的各種壽山石，任我把玩，一旁解說，我真的是被那些夢幻美石迷醉、暈眩了，後來根本絕產的一方水洞水晶石，那怎麼說，真像以前那些老頭，光是有福氣見到某幅畫的真跡，就感激涕零；一方大顆的杜陵晶，那標誌性的流水紋竟在如冰塊般透明的無形之體上幻動；一方如今也是見不到的芙蓉青；還有一方簡直像活物的黃芙蓉。我的感覺是她就是在當年還充滿靈氣、傻氣的台北，遇見這些石頭，不管後來它們身價暴增，這些石頭就是帶著最初混在那些筆墨莊裡，和那些硯台啊，那個老名家落拓賣出的字啊畫啊，無有資本主義怪影的，最初的文人氣。她說當時她就是在蕙風堂打工，是真的喜歡石頭，有點錢就收一顆，到了新世紀，壽山石在對岸大漲，一年幾倍翻著漲，那些石商瘋狂回來台北收（主要當然是田黃、雞血、荔枝），但好像驚嚇了那石頭在這小城街巷的「美人該有的高潔」，台灣人反而不太玩壽山石了。

我在我的台北，同樣是青田街、金華街、永康街、溫州街這一區巷弄，也有混了十五、六年的巷弄咖啡屋地圖：我在這些咖啡屋寫了好幾部長篇，也在同樣是鴉埠咖啡屋，和一群頂尖小說家，長達六年，每兩個月一聚，實現〈字母會〉的短篇小說書寫計畫。這一區的咖啡屋幾乎可以說是我小說創作生涯最賴在其中的孵夢之境。

但迷上壽山石後，同一帶的街區，很有趣，它換上了不同的指紋。師大對面的蕙風堂，裡頭牆上有時還有溥儀的小山水畫，有臺靜農的字，自然也有歙硯的金沙、眉紋、或羅溪；也有老坑的端硯。石頭倒是清一色都是這兩年搶攻福州石市的老撾石了。金山南路潮州街口的友生昌，是上世紀玩壽山石老前輩口中頗傳奇的「蔣小姐」，許多現在壽山石雕的國家大師，未出名前都是她引介給台灣藏家，幫他們辦展。她仍很有心，幫台灣一些年輕但極高天才的篆刻藝術家辦展。她心腸非常軟，我去了幾次，跟她亂殺價，求她哄她，耳根軟她就會極便宜讓了。有一些非常美的石頭。甚至還有舊昔時光藏店裡的老旗降、汶洋、老芙蓉、老月尾綠，甚且雅安綠、青田藍星，好像買賣的湍流很多年前就停了。這些可遇不可求的老章，僅因當初堆在工作桌角落，沒被客人買走。她就再捨不得讓了。金華街上的瑰寶軒，老闆娘胖胖的，店裡櫥窗陳列的就都是一些三十萬五十萬的，可以上拍的收藏品了。店主好像是大陸國家大師林飛的親戚，店裡展出林飛不同時期的作品，經典的裸女，但他感人的是率先用老撾南部水洞，極美的水洞桃花雕那熟睡裸女的絕美風流，也雕八仙人物，雕仙佛，因為壽山石封礦，石頭非常珍貴，他率先帶學生雕老撾石，藝術性極高，等於讓下一輩有石才可創作。這間基本可當博物館參觀，因實在買不起任一件。

後來我運氣非常好，透過壽山石達人蔡宗衛先生；和另一位曾以一超強帖風靡大陸多少藏石高人、頂尖雕刻師的〈抱石澄懷〉，追憶逝水年華分件討論不同壽石傳奇雕藝大師作品的神氣、風韻、雕刻語言，這位江亭先生。他倆引我進一個台北壽山石藏家傳說中的「少林寺」，在建國花市旁一排古玉、瓷器、骨董店之間，非常低調的〈田石齋〉。那店主二哥就是託名「石癡」的也是國家大師，他弟弟輝哥也是高手。這裡頭有一群高手，有個〈壽石雅集〉，其中的楊醫師是兩岸收藏林清卿薄意雕作品第一人。一位林醫師是石卿的作品收藏的第一人。他們都是身懷內力，但溫和可愛的前輩。說實話，我走進去那個下午，被那一桌其中任一枚我一輩子也買不起的藝術品鎮住了。他們正在交流彼此的藏石。任我親手撫摩端詳，真的美翻了。王一帆的宋人文士，郭祥忍的鰲龍，林文舉的薄意深山聽松，幾枚石卿的，有鐵拐李這種東門人物原雕的，也有松樹幹皮如蛇鱗，溪泉山石的薄意雕。還有江亭最愛的周寶亭古獸紐。這都是拍賣場上千萬的神品啊。最感人的是楊醫師拿出林清卿那方田黃〈蘆雁〉薄意雕，要我對著外面灑進來的秋陽，輕輕搖晃，你會有那雁鳥的羽翼在那麼薄的一層以刀為筆，竟靈動的似在飛撲，鳴叫。非常奇妙，那淡金的光暈，在小小一方石上流動。這時，二哥石癡穿著汗衫功夫褲，褲腰細著一小方田石章，他們說二哥那是誰的作品？二哥說「楊玉璇」。天天摩娑，天天體會，揣想他的下刀。

想我一個窮鬼，愛上壽山石，這其中還有如同這一區溝渠狀街巷，各種流年遞轉的「後來的體會」，晶瑩剔透，但又講究其潤膩，又講究老氣，裂格（其實就是傷口）被沁成紅筋，講究上手經年的一種說不出的暗沉但其實是光華內斂。我和當年我老父親一樣，收不起將來可以留給兒子當寶的，但一樣在這城的某一區（可都重疊著我這二十年流連的不同咖啡屋啊），搖頭晃腦，喜不自抑，他們說「台北現在見不到好壽山石嘍」，但我在這些老店鋪，仍能收到絕美的老撾石，一樣的拂之若有痕，一樣美如清純少女，一樣像你走到世界盡頭見到的空曠之景。我每一兩週的週末午後，會跑去建國高架橋下的假日市集，其中一攤，一位梁大哥，就是一小桌子的老撾石，那些流水紋的、桃花凍的、芙蓉體的、和荔枝凍完全不遜的瑩潤皎潔的，簡直和壽山田黃分不出的老撾熟栗黃、雞油凍，我光那樣和他對坐在人潮中，聽他侃石，追憶我們這城市曾經流來又流去的，石頭記，就覺得人世沒啥好計較的啊。認真說，我在其他城市，真還沒能得到這種幸福。

散文

一個人的椰林大道

郝譽翔

我今生到目前為止，最常走的一條街道是台大的椰林大道。它竟不見於中華民國的地址系統，但卻實實在在是無人不知、無人不曉，尤其是許多年輕學子魂牽夢繫的地方。

我在高三的筆記本上就曾發憤寫過一句話：「立志要吹四年椰林大道的風！」後來果真如願以償，而且不止四年，加上碩博士班，竟是吹了整整的十年，從十八歲到二十八歲，人生最寶貴的一段黃金歲月全都奉獻在這條大道上了，然而真正踏上了它，卻果然有當初夢想的美好嘍？

其實放榜之後的喜悅只有短短的一刹那，接下來，卻是無止境的迷惘。從聯考的桎梏中解脫，迎來的不是海闊天空，而是八荒九垓，竟不知要把自己往何處安放？我成了一縷失心的遊魂，天天在椰林大道飄來蕩去，上課提不起勁，下課後走到大道盡頭的學生活動中心，沿著二樓的社團辦公室逛了一圈，嫌政論性社團太矯情，服務性社團太天真，娛樂性社團又太膚淺，全都格格不入，只好又走出來沿著椰林大道，一路漫遊出了校門。

我穿過潮濕悶熱有如迷宮般的地下道，一上來便是新生南路的小巷，躲藏著許多人文書店，而我最喜愛的一間就是地下室的唐山書店——不是愛它的書，而是愛它的氣味，很多人說那是書的霉味吧，但我卻偏偏覺得清香極了，總是站在裡面大口大口地吸氣，把它當成了忘憂的嗎啡。

當然還有每天都要造訪的大學口，摩托車四處亂竄，垃圾臭水四溢，除了銀座的雞排麵、人性空間茶坊以及蜜園冰果室外。似乎無啥可記。我只對「大學口」這三個字情有獨鍾，總覺得像是一隻張大了嘴的野獸，又如黑暗中蠢蠢欲動的伏地魔，正要把一切全吞噬到它的口中。

真正對椰林大道生出一種現世安穩之感，竟已經是大四快要畢業的時刻了。一向是蹺課大王的我，突然發憤要考研究所，跌破了全班的眼鏡，當時研究所不如今天浮濫，錄取率極低，沒有人認為我能夠考取。但那是我人生中第一次展現決心，為了專心準備考試，我從家裡搬出來，改在台大附近租一間不到三坪大的雅房，每天七點半騎腳踏車沿著新生南路到學校，八點進圖書館，坐下來打開書之後，就一直讀到晚上十點全館熄燈打烊。

說來慚愧，讀大學四年的時光，似乎都比不上最後兩個月的考前衝刺，當我靜下心來面對中國文學史、老子、莊子、文字學和聲韻學時，才發現它們簡直比小說還精采。我經常讀到入迷，竟忘記是為了考試，不知不覺圖書館最後的一盞燈也已經熄滅了，我才收拾好書包，走出來，只見一條椰林大道早被寂靜的黑夜所籠罩。

大道上人影疏疏落落的，我每踩出一步，卻都是扎扎實實的，擲地而有聲，更加襯得滿天的星斗燦爛無比。

研究所考完之後，就等放榜，當年沒有網路，只能沿用古代的方式貼榜單，而且總選在晚上貼出，也不說是哪一天，多半靠大家的謠傳，只要一看到校門口傳園前的圍牆上掛出了一長串的燈泡，就知道即將放榜了，於是開始奔相走告，人群陸續聚集在校門口，黑壓壓的頭顱不安地攢動著，交頭接耳悉悉簌簌。

我不想擠在人群之中，只好一個人騎著腳踏車，在椰林大道上不停來回，繞了一圈又是一圈。天色逐漸黯淡，校門口的黃燈泡顯得神祕又溫暖，但榜單卻始終沒有貼出來，於是我又掉回頭，再騎向椰林大道的盡頭，一路掠過了洞洞館、總圖、文學院、傅鐘、行政大樓、農學院，雙腳踩得飛快，就恨不得能夠朝眼前的這一大片夜空撞了進去，從此一頭撞進了宇宙，就算粉身碎骨也是極其痛快！

最後我又騎回校門口，這一回，終於看見燈泡下多了白色的榜單，大家拚命往前擠，而我刻意放慢速度，停好腳踏車，走過去，中文所位在榜單之首，我一下子就看見自己的名字，彷彿有一束聚光燈朝我打下，把未來的道路全都照得一清二楚。我身旁站著一個長髮的女孩，臉上同樣喜悅得發著光，她的名字也在榜上，H，那是我第一次見到她。

後來我才知道，H是我學姊，大學畢業兩年後才又回來考研究所，我們被分配在研究生宿舍的同一間寢室，書桌和床彼此相連，從早到晚聲息相聞。那是一九九〇年代之初，台北捷運正在如火如荼施工當中，而我們宿舍外面恰好就是公館站的工地，夜以繼日傳來水泥灌漿打樁架樑的巨大噪音，像是一場沒完沒了的噩夢。但我和H關緊了窗戶，自顧自地躲在宿舍中編織著浪漫的文學夢，那是年輕人才能享有的專利，有如飛蛾撲火一般，義無反顧，熱情奔放，尤其H擁有一種強大無比的說故事能力，每每看了一部精采的小說或電影之後，就喜歡拉著我，把情節複述給我聽，說到興奮之處，H的雙頰泛紅眼睛發亮，簡直讓我為之著迷，總覺得天底下怎麼會有這麼美的東西？

我從此成了H的小跟班，大學時代被壓抑的文青魂，全在進入碩士班之後被喚醒。我每天追隨H聽古典音樂，看歐洲電影，省下吃飯錢跑到和平東路上的「法國工廠」，買一堆貴得嚇死人的畫冊和海報，貼在寢室的水泥牆上，假裝自己不是活在醜陋的台北，而是在巴黎塞納河左岸，在光點組成的法國電影裡。

系上的人全知道我和H是最好的朋友，兩個人走在椰林大道上焦不離孟，孟不離焦，大道的兩旁先是杜鵑花開了，繼之是阿勃勒繽紛的黃金雨，春光明媚，緊接著就是夏夜涼爽。我們也經常在夜深時從研究生宿舍走出，穿過大道來到了文學院的門口，而二樓的某一間研究室居然還亮著燈，是H心儀的K。我們踮起腳尖喊他的名字，起先是怯怯的，就像蚊子在黑暗中嗡嗡地叫，自己也覺得好笑，後來就索性放開膽子大喊起來了，聲音在空曠的大道上迴盪，然後就聽到文學院的窗戶嘩啦一聲打開。

是K，他探出頭來，招手叫我們上樓。上去一看，才發現他獨自一人躲在文學院的燈下，讀七等生的《沙河悲歌》。

沙河，這兩個字聽起來是多麼的遙遠，而且「沙」又怎麼可能會是「河」呢？我不懂。七等生說：「想獲得自由，是不可能實現的。」但「自由」又是什麼？愛一個人算是「自由」嗎？

椰林大道的花季並不長久，很快的，秋天過去，冬天到來，我和H的友情也忽然全都變了調，就像大多數的女性閨蜜一樣，總是敵不過一連串的猜疑比較嫉妒和憤怒，情節荒腔走板和八點檔肥皂劇沒有兩樣，而不是我們所鍾愛的法國電影，不是《夏日之戀》，更不是《壞痞子》。當某一天我回到女生宿舍，發現H正以她那強大無比的說故事能力，只是不談文學也不談電影，而是到每一間女生寢室去宣說我的罪惡之時，我返身走出去，獨自一人走在空蕩蕩的椰林大道上。

台北冬天向來陰暗，冷雨淅瀝落下沒完沒了。我走出校門，看見新生南路懷恩堂前懸掛的銀白耶誕燈飾，閃爍發光，卻只讓我覺得更冷。耶穌對眾人說：「你們當中誰沒有犯過罪，誰就先拿石頭打她。」但誰來定義罪惡？誰來定義道德？我這才知道我所崇拜的語言，既是美麗的詩，也可能化成殺人的利器。原來讀再多文學藝術都沒有用，我們還不是一些俗人？照樣要落入女性宮鬥劇的圈套中。

但不知是否神聽到了我的吶喊，這時忽然有一個工作機會從天而降——我的指導教授要我去美國擔任一年的教學助理，還希望我在美國寫完碩士論文，接著讀博士，就別再回台灣了。我於是帶著決絕的心情離開椰林大道，飛到美西一個人煙稀少的沙漠小鎮Walla Walla，而鎮上也有一條大道，名字簡單又明瞭：Main Street。可是當我走在Main Street上，卻又感到這一切不真實得讓人發慌，就像是置身在雨天的汽車中，窗玻璃不管怎麼擦都還是起霧。從那時起，我竟又拚了命地想回家。於是一年助理工作結束後，我沒有遵照教授的囑咐，而是又飛回台灣，回到台大的宿舍，換了一間寢室，陌生的室友，然後埋頭寫我的碩士論文。

我彷彿回到當年準備研究所考試的時候，又過起一種自我禁閉的生活，但這一回卻更堅決徹底，不和人說話，也不打招呼。沒有近視的我，甚至特地買來一副平光眼鏡，戴在臉上就像是易了容，從此我，就不再是我。

我在寢室每天一早起床，就坐到桌前，打開電腦寫論文，一直寫到下午五點才起身，到浴室洗澡。唯有在蓮蓬頭下水氣氤氳的一刻，我的身體才活了過來，恢復血氣，而不再只是一具思想的機器。就是在這樣的情況之下，我右手寫論文，左手寫出了生平第一篇得獎的小說〈洗〉。當三年後這些小說結集成《洗》出版時，我把書中的文字視為這幾年生命的密碼書，而在序言之中，我寫道：「在水柱下我把這些東西溫習再溫習，範圍不會超過公館這個方圓，因為我這十年來的生命都埋葬在這塊土地上面。」

公館這個方圓，乃是以椰林大道為直徑，而我走在上面，自始至終都只有一個人，沒有H，沒有K，我恍然大悟，我們之中永遠隔著一條漠漠的沙河。

於是當我寫下這些句子時，我就明白，告別椰林大道的時刻終於到來了，而這一次是真正的告別，因為我已經準備好了。年輕時迎面而來的風依舊，而巨大的天空也依然俯瞰著我，大道兩旁的大王椰子依然挺拔高聳，但那絢爛的花季卻已經過去了，無可留戀，也無須留戀，因為我知道，那樣的花季在人的一生中僅有一次，不會重來。

詩

也許春天，在街上

——給藍，幾度流連的潮州街咖啡店和赤峰街路燈下的貓影

崔舜華

也許有一日，在春天
鳥喙形狀鳴唱的巷子裡
你走著，在我身邊
你的姿態匆促，步伐如刀
使我毫無可能再次忝言「我們」

有時候，經常
語言如此奢侈，使我膽寒
若你是信，必定是錯了住址的那箋
十年之久無人拆閱
懷藏著末班巴士駛離一整座闇冥
城市中陰的心緒
而我無可斷言，或者簽收
在春天，也許
再一次搬演長長的散步
和你途經的咖啡店
貓從日曬和水洗間出走

留下再也不將回頭的信號
——我該以甚麼作為紀念？
一紙塗抹復更易的街名？
一盒尚未拆啟的火柴？
一杯清水？抑或一捲菸？
我畫畫，在你常去的公園
街柱的稜角向我傳遞無稽的流言
關於今日，在人群之間
在人群之間
我已良久良久地不寫字跡工整的情話
總是埋首於石頭：它們冰冷

因而公平。
為什麼寂寞的人習慣久久地敞著窗面？
彷彿藉此他得以迎納
一整座街廓的眷顧——在人群之中
萬物之外
我們無從
無從理解的美好光害
極其偶然，如同微小凡庸的象徵物
或稱那啟示。畢竟也被代換為貓的睨目
或無所事事的鴿群
我走去離身體最近的草地

向平庸靠攏。那麼親切，祕謐，杳無燈煙
或許一切的錯失都可被視為某些前兆
關於某事的開端，乍然的終結
至少我們錯過，在城市
在打烊的書店，酒館的樓梯間，上鎖的心

散文

巫婆麵——古早深夜的基隆路小巷洞穴

王聰威

十八歲前，除了少數的旅行經驗之外，我幾乎不曾離開過高雄，但不知為何，媽媽總會盯著我的臉，說她的心願就是要我考上台大，什麼系都行，好像我們家有什麼偉大傳統似的。我永遠記得出門去雄中領成績單時，媽媽站在門口，看著我走下公寓樓梯，對平常模擬考一次也沒越過最低門檻的我說：「沒問題的，你一定可以上台大。」一九九〇年當我站在灰撲撲的台大男一舍前，心裡才踏實地覺得完成了她的心願。

台大男一舍在基隆路與長興街交口，附近還有男三、男五、男六、男七，後來新落成了高貴的男八，男一舍是當中老舊的。同樣也殊少離開高雄的爸爸陪我一起上來，有些不知如何是好地望著這棟建築，兩人或提或抱著鋪床用的草席、垃圾筒、衛生紙和肥皂、衣物、少數幾本書，還有棉被和枕頭，唯一一件稱得上是奢侈品的東西，是一台紅色國際牌的單喇叭收錄音機，寶貝兮兮地抱在懷裡。那時候有種奇怪的感覺，好像只要有了這些東西，不管離鄉背井多遠，生活都沒問題。

當時宿舍出了問題，按照住宿通知，我原本抽到要住的一間二樓寢室，不知為何在前一天已經有新生入住。我們兩人只好問路，走長興街經過基隆路口，直走經過舟山路口（如今舟山路已成了校內道路，連帶把路旁的僑光堂也併入，改成鹿鳴堂），進入學校後門，再問人走到行政大樓，找了學務處住宿組一查，居然是重複抽籤了。住宿組的人並沒有很抱歉的樣子，似乎把宿舍看了一遍說都已經滿了，爸爸幾乎是求著說怎麼辦，那孩子要住哪裡？住宿組的人最後說：「好吧，原本男一舍四樓今年是不開放給新生住的，因為屋頂漏水，正要整修，所以也就沒有列入抽籤，不過如果你真的想留在男一舍的話，有一間可以給你住，房號是427室。」於是我們兩人又走回長興街，走過舟山路和基隆路，走回男一舍上四樓，敲了敲門。來開門的學長（大四）說了一樣的話：「不是說今年不會讓新生進來嗎？」我出示了證明，把住宿組的說法說了一次。學長說他要去問一下二樓的傢伙是怎麼回事，把我和爸爸晾在一邊，沒多久回來後，有點抱歉地說好像是真的重複抽籤了，他說：「你們真的要住這裡嗎？好像還是會漏水喔。」困擾的程度像是連我爸也要一起住似的。爸爸拜託他收留我，一直好言好語地求著：「實在沒辦法啊，我們從高雄上來的，一定要住宿舍啊。」明明是學校的疏失，卻變成我們要這樣低頭求人幫忙，但那時候的我，還有像我爸爸這樣的人，也只會低頭求人的方式。

往後的四年，也是我唯一真的「住在」台北市的四年，就在這條短短的長興街上騎著腳踏車來來回回，上課下課。兩側除了宿舍校地圍牆之外，沒有店家，一邊是通往學校，另一邊……呃，非常少往那一邊走，我居然完全不知道那一邊到底接的是什麼路名，我偶爾會和室友走到那路上的一家無名麵店，吃一碗三、四十元的大滷麵，小碗大滷麵盛滿大碗公，而大碗的則像端來一只可以把頭塞進去的臉盆。剛剛上網去查了路叫芳蘭路，路旁只有一家賣大滷麵的麵店，叫真善美牛肉麵，但已不記得是不是同一家。

別的事情先不說，本來是一天三餐媽媽準備好的媽寶，如今離家在外得自己覓食，我才感受到吃一頓飽飯得花多少錢。那時我還不是個浪費的人，多半在男一舍附屬自助餐廳吃飯，因為飯湯免費的關係，自己挾菜以重量計費，四、五十元就能吃得非常豐盛，如果早點去吃，大湯鍋裡有很多帶著殘肉的大骨可撈，算是一種額外補充。月底真的沒錢了，跟大部分同學一樣多半吃泡麵過日，我也會只挾一道菜，十幾元便能度過一餐。大二時，我得了一個兄弟飯店舉辦的棒球小說獎有十萬元獎金，加上投稿賺的稿費，生活忽然好過起來，有時會去吃新生南路上的鳳城燒臘的三寶飯，甜滋滋的亮紅色醬汁淋在燒臘和白飯上，附菜是燙高麗菜和酸菜，配大量的生辣椒醬油和隨時會不耐煩，操持濃厚鄉音怒罵客人的男服務員。不過，留在我心裡最奇特一角的，悄悄改變我的價值觀的，卻是一家小巷裡的麵攤。

男一舍後門，腳踏車停放區的圍牆與民宅之間，屬於基隆路的一條小巷裡有一家麵攤，我們叫她巫婆麵，這名字似乎流傳已久，無論是誰開始這麼稱呼的，都是個再貼切不過的名字。攤子在巷子裡，幾副簡陋桌椅排到巷口騎樓。不知是附近鄰居擺設的或是從別處推來，巫婆麵從下午四點才慢慢開始擺攤，攤子上只懸掛了昏暗的小黃燈，可能在圍牆或牆壁上有幾支沾黏粉塵油漬，幾乎要失去亮度的短日光燈，圍牆內外延的遮雨棚、鐵絲網與窗台交織，讓那短促狹小的巷子成了深邃且反映火光的洞穴，隨著天色變暗，人潮逐漸多了起來，像是固定熟悉的歡樂相聚。

煮麵的人正是一位矮小阿婆，但或許只有五、六十歲，很普通地黑著一張臉，臉上有深刻的皺紋，圍了深色圍裙，聲音響亮，親切充滿活力地忙碌著，好像有另一個女人幫她，我不太記得了。攤子裝設燒瓦斯煮麵的爐鍋，插掛幾支竹製的麵撈，還有一個木頭玻璃小櫃，跟攤子融為一體般泛著油黑，裡面排列堆疊各樣滷味，像是座珍藏神祕調製材料的寶窟。從那黑漆漆，火光閃爍的洞穴裡端出食物，盛放的碗盤與筷子湯匙上的污漬與磨損看來就是一百年都洗不乾淨，就像我們不免譏諷的端出了宰殺不明生物與草藥配方燉煮的湯，但其實只是很古早味的麵，粗製的麵條與大骨湯，我沒有留下任何美味的印象。

傍晚五、六點，大部分是附近工地或挖路工人來吃晚飯，住宿舍的學生大約都是在十點之後，下來當消夜，這時候還會遇到較多的晚班或加班結束上班族，在路邊停下機車，擋住了基隆路的機車道，常會聽到騎士咒罵的聲音。我不記得巫婆麵何時收攤，過了十二點、一點、兩點下來吃，仍然塞滿了人，或許美味與否並不重要，而是在寒冷的冬天夜半，坐在一般車流已經稀疏的基隆路邊，和室友吹著冷風，吞嚥添加大卡車飛馳而過的化工粉塵與噪音的湯麵，讓我可以忘掉離鄉背井的哀傷。

因為沒錢的緣故，我總是只叫一碗麵，最多加顆滷蛋，那個寶窟般的滷味櫃對我來說遙不可及。每次我看見那些挖路工人或上班族，指著那寶窟點菜，阿婆，這個來一份，那個也來一份，燙一份青菜，切二十塊豆干二十元海帶，還要一份蘭花干、一份粉腸什麼的，我都羨慕到快把腦漿搾出汁來。偶爾室友點一份豆干海帶，我都會在心裡期盼，他們能說一句：「來，大家一起吃。」而當我比較有錢，稍微能跟得上社交禮儀，能點一盤我愛吃的粉紅香腸或肝連時，也會有些得意地說：「來，大家一起吃。」那時候我就暗自決定，我以後一定要成為一個可以在麵攤點很多滷味，而且不問價錢的人，吃不吃得完才不在乎，我絕對不要吃飯的時候，再被誰有點憐憫地說：「來，大家一起吃。」就這樣，在這個如深藏洞穴中的巫婆麵攤，我學到了亂點滷味小菜的揮霍習慣，這是居住台北的四年時光殘留在我身上的，確實地塑造我成為現在這樣的人的一件小事。媽媽每次指責我請家人吃飯，不管是路邊攤或是高級餐廳，總是亂點一通根本吃不完非常浪費，我就會一次又一次地說這個故事讓她罵我討她開心，讓她知道我那時是因為太想念她豐盛充足的飯菜，才會變得如此浪費，但即使這樣都遠遠不夠填補我心裡缺乏她的空洞。

大學畢業搬離台大男一舍，我便到新北市租屋生活，再也沒回去吃過巫婆麵，我想三十年後這麵攤應該已不存在（網路上查不到任何資料，或許是我貧弱的記憶有誤與錯植）。倘若過了三十年還存在，也太令人害怕。

魯肉飯
米粉湯

散文

豪情二三六

楊佳嫻

一個大轉彎，236公車從興隆路一段轉入羅斯福路五段，視野陡然寬闊起來。

那是二十世紀的最後四年，我在政大讀書，236班次頻密，是學生們前往繁華鬧熱地的渡舟。景美的路比較起公館已經彎扭了一些，到了木柵，路更小，更彎更扭，市面感覺也更像南部鄉鎮，許多家戶大開著，像隨時歡迎人走進去一起吃飯，狹窄亭仔腳下常有小菜販，小菜販一律很老，鋪個油布，青菜茄子疊著，一朵一朵，也許就是自己種的，公車幾乎貼著這些建築物開，近得可以看見菜葉上的露水，看見阿婆斗笠上斷裂彈翹起來的竹葉。

景美和木柵合為文山區，木柵本來不屬於台北市，一九九〇年才併入。政大位於木柵，過了橋與河，靠近動物園，靠近山，常常聽附近居民說「去台北」。女生宿舍在前門，主要活動區域是指南路和新光路，小吃、簡餐、便宜咖啡館和手搖茶、藥妝、超市，因為靠近產茶區，擁擠有限的店面中也屹立著一家茶行。但是，女孩子們到哪裡買衣服？（雖然學校對面有家Hang Ten。）到哪裡坐連鎖速食店亂聊？（大四那年終於開了麥當勞，畢業以後才聽說學弟妹都稱靠近麥當勞的側門為「麥側」。）

三十分鐘車程，236到公館，騎樓下成衣攤販一家挨著一家，一百九兩百九三百九，當季流行元素一應俱全；容易脱線？收邊不齊？料子粗糙？這都不是荷包緊張的二十歲女生會考慮的事。衣服多半做成普通身材都可應付的尺寸，還不放心嗎？現場套看看沒問題的。一家攤子開在頂呱呱樓下，明確指示顧客就到頂呱呱的洗手間去試穿，拎著亮片假雪紡吊牌晃蕩的女孩子跟提著呱呱包吸著紅茶雪泥的食客側著身在狹窄樓梯間彼此讓路。遇到老闆強力推銷難以脱身？打開錢包，老闆你看，我剩三百塊啦，真的沒辦法，我還要去吃飯。老闆揮揮手，好啦好啦，打你八折。只有一回，攤販是一位長髮紅唇的姊姊，她說沒關係呀，我這邊可以刷卡，先享受再付費，多開心。我從未想過攤販也可以刷卡。還好我當時沒有卡。

可以說，是為了大學生式的時髦需求，我跟羅斯福路四段才熟起來。服飾店與攤販之間，不起眼彎曲小巷子內藏著二手書店，不知道哪裡弄來的食品貨架和不鏽鋼花車，堆滿了舊書，毫無分類，《小王子》疊著《厚黑學》，《菜根譚》底下抽出《出殯現形記》，甚至夾雜著某系某課的講義或筆記。四年當中我不知道來這一處翻看了多少回，只有一回還真讓我翻到寶——就這麼一回，可也夠了——溫瑞安《山河錄》和方娥真《娥眉賦》一齊現身，品相良好，一冊十元。

奇怪的是，儘管我也延伸到汀州路逛球鞋店，當時卻從未去過同一條路上的東南亞戲院，儘管我也知道多次穿越大學口食肆，竟從未吃過藍家割包，更遑論當時招牌還很醒目的「搖滾看守所」了。總沿著台大圍牆走，過馬路去唐山書店，感受破爛的詩情，卻很少再往溫州街深處走，當時竟也從未去過女巫店和女書店。一條生活邊界，歪歪扭扭，不知道循著什麼樣的道理長出來。

那時候流傳在同學之間的笑話，說某個南部上來讀書的學姊，頭次搭236從政大去火車站，飆速司機沿著羅斯福路暢行，過愛國東路後變成中山南路，兩廳院巍峨宮殿式建築赫然湧入視野，藍天綠樹下，明黃色廓大屋頂，學姊激動指給身邊的同學看：「那不就是故宮嗎！」台北人同學錯愕大笑。先聽過這個笑話，我頭次從236車窗望見宮殿時，很謹慎地捲住了舌頭。回想起來，學姊或許並不算搞錯——一九六五年落成的故宮，和一九八七年落成的兩廳院，相隔二十年而官方文化建築仍出之以仿中國古風格，異鄉人沒有區位知識，難免混淆，倒映襯了某種時代真實。

沿台大圍牆，羅斯福路上高大生刺木棉樹，春天裡吧嗒落地熱烈的花，聲響與形貌均厚實，學生單車來來往往，壓爛了也像一層皮革似的。那時候在公館站下車，到夜市那一頭去，多半還走人行天橋。從大學口要到溫州街或台大校園，也多半還走地下道，雨季裡有點陰濕，燈光慘淡，睡一兩個流浪漢，不是現在覆蓋以廊柱造型與燈箱的明亮面貌。一個寫詩的台大朋友說，當時他自製詩集十本，在地下道賣，本以為可能乏人問津，竟然也售罄。

236過去聯繫動物園與台北火車站，捷運通車後，公館與木柵之間的區間車增加，跑全程的車班減少。最近發現，全程路線改名為羅斯福路幹線，怕乘客不知道，跑馬燈上括號寫原236。無論如何，只要一登上236，司機大膽豪邁的駕車方式仍給我返回年少的親切感。

豪邁到什麼程度呢？也是大學時代，有那麼一次，夜間十一點，過了公館，乘客都下得差不多了，餘小貓三隻。從羅斯福路拐進興隆路以後，素以迅猛聞名的236司機，更加快了車速，他也迫不及待想下班吧。接近木柵地區時，司機忽然回過頭問：「都是要去政大？」小貓們點點頭，對啊。司機浮現笑容：「好！」加足馬力，車子突然鑽往我們不熟悉的路徑，偌大車體，在木柵彎扭的小路內駛得風生水起，夭矯如舞蹈的恐龍。

小貓們彼此驚疑地看著對方，司機要帶我們去哪裡！我們該跳車嗎！身為沒有機車的外地學生，我就是那種只認得236路線的台北麻瓜啊。該不會旁邊兩位也是麻瓜吧天啊。如果在奇怪地方被丟包要怎麼回學校！

一個緊急剎車，司機在一處仍亮著幾個大燈泡的攤販前停住，車門誇拉一開，「頭家！同款！一隻烘雞腿，兩條烘香腸！」「知啦！早就傳好！想說怎麼還未來？」老闆拎著塑膠袋，裡頭兩包紙袋冒著油熱，一個箭步上車，一手交錢，一手交腿。

司機回頭又一笑：「不好意思，我的消夜啦，現在把你們載回政大喔，先來這邊比較順路。路上沒車又沒人，很快就到了。」

小貓們吁了一口氣。原來不會被賣掉。

詩

男孩路的賊

羅毓嘉

你偷走壁柱間歡愉的回音，偷走
人們談論的偉大問題比如說
青春，愛情，乃至便溺的痕跡都在那裡
偷走每個人年輕的頭蓋骨
偷走荊棘你偷走花，偷走了
才咬一口就被丟棄的奶油泡芙

你在許多長廊上轉身，偷走
一張以後搖滾為側標的酸爵士唱片
你狂想，附會，穿鑿，且對此有些不安
偷走男孩的舞鞋，偷走女孩
尚未下筆開始寫的一封信
偷走問題，是為了指向更深的解答

你偷走在城裡飛不起來的蒲公英
偷走理解與誤解的總和，偷走了力量
速度，與金屬，當然還有
愛情。你偷走喉嚨裡的花刺為何長在那裡

偷走唇間的剝皮辣椒你偷走了
從販賣機彈射出來的尖叫聲

終於你偷走一顆擲出了七的骰子
偷走白日夢敲醒一隻失眠的貓
偷走反面的自己無所不容且無所不愛
你在這條路上走著
偷走每一個人的宇宙也都是你的
偷走靈魂，燭光，與標準答案

你覺得這樣挺好，你偷走栗子花開

偷走春天並偷走了父親的襯衫
偷走鏡中一頭雪白獨角獸安靜地流淚
這路走下去就成了青年路了是嗎
你能偷走自己的的雙眸
但偷不走未來的未來比如說

東方尚未升起的太陽，亮
而且美
那麼地亮，而且美

*寫給南海路的高中男孩們，以及他們即將成為的青年時代

散文

懷寧

王盛弘

懷寧街七號，現址是一家叫作「新驛」的連鎖小旅館。標準色如初熟的鮮橙，簡潔時尚的設計中帶著點裝可愛，這就是所謂的文創青旅吧？

新世紀開始第二個十年前後，隨著國際旅客遽增，尤其自助旅行的風行，台灣觀光一片榮景，帶動了台北老舊旅館的拉皮翻新，即連矗立於重慶南路、漢口街交岔口，門面橫鐫「臺灣商務印書館」幾個漆金顏體，氣象莊嚴的雲五大樓，也湊了這個熱鬧，外牆塗成消光黑，酷酷的，帥帥的，化身為旅館攬客。

然而，隨著政策轉型，加上新冠肺炎在全球掀起了不得不的鎖國手段，大疫之年，在氣候最和煦，風聲卻最緊的那些日子裡，我曾於入夜後站對街遠眺雲五大樓，迎面是一片死寂，滄桑、寂寥，交通號誌的餘光中，透過窗口隱約還能發現一張張淺色床鋪，硝煙止息，軍隊倉皇敗走後遺下的傷兵醫院似的。

新驛倒是還在。新驛的前身，也是一家旅店，名叫「南國」，南國旅店。

南國是一家灰撲撲的老旅館，無論如何擦拭、洗滌，都無法還它一身光潔。觸目是磕磕碰碰留下各種刮痕的電梯，色澤不均勻的門板，喇叭鎖廉價賊亮，猩紅地毯吸附了各種氣味。像一個個街上隨處可見的人，也不是沒有過拿朝氣妝點人生的念頭，但是發現，光是想過好（甚至不求好，而只是過）每一天都要耗盡氣力，終於倦了懶了，認了，只能勉強維持住日常生活的秩序。

但我喜歡這個地方，喜歡它像一件穿舊了的皮大衣。

那一年，台灣尚未拂去大震的驚恐（要過了很久以後，我才意識到，有些事情一經歷過了，就成為生命一部分，是斑點不是灰塵，拂不掉的），又迎來千禧蟲、末日預言的嘈嘈切切。我們，Vincent和另一個Vincent，我們將燈摁熄，毛玻璃窗大敞，聖誕歌曲微細的一炷香似的自樓下便利商店嫋嫋傳來。

窗口鐵欄杆鏽蝕，花台上枝葉攲斜，窄街的燈光在房間漲起，兩個Vincent彷彿躺在夏日傍晚沙灘上，潮水一波波，緩緩地緩緩地湧來，為我們蓋一床被。

大半時間，我們沉默，肢體禮貌碰觸，拘謹地交換著體溫，偶爾側過臉去，給對方一個微笑。你住哪裡？做什麼的？為什麼來台灣？都是初識兩個人描繪對方輪廓的基本資訊。他的聲音帶著輕輕的笑意，準備隨時附和我似的。

我問，你聽什麼，聽得這樣津津有味？津津有味啊，嗯，就是，就是聽得那麼享受那麼投入，那麼的興致盎然。

初次見到Vincent，他戴著耳機，在成田飛往台灣的班機上。

登機前，我著意飲了一盅獺祭，果然才剛離地，酒意催化倦意，便深深墜入黑甜之鄉。是遇上了亂流，一陣顛簸才醒來的。眼睛還沒睜開呢，我暗叫該死，睡死了的我一路上竟把頭給枕在鄰座乘客肩上，而他竟也不閃不躲，聲色不動。急忙道歉，苟免哪塞。他摘下一只耳機，微微一笑，回我一句沒關係。我的心一慌，沒話找話說，你聽什麼？

這時候，他遞出一只耳機，見我遲疑著，便塞進我的耳窩裡。一人一只耳機，我們同時聽著同一首歌。刷地我一頭一臉發熱……

開什麼玩笑，這種粉紅泡泡戳了就破，肥皂劇的俗濫情節，當然是我自己編造的。事實是，我在夜的新公園遇見他時，心想，在哪裡見過這個人呢？啊，想起來了，前幾日飛台灣的班機上他就坐我斜前方，懷裡一台Sony隨身聽，耳裡塞著耳機，腳底板不時輕輕踩著旋律。一下子我竟有種遇見熟識的錯覺，主動上前攀談。

他叫Vincent，我也叫Vincent，真巧。

你聽什麼呢？我問，聽得這樣興致盎然？興致盎然啊，嗯，就是，就是聽得這樣忘情忘我，這樣的忘乎所以。

低喃著「中文真難啊」的他，起身，拉一張椅子到床前，自項鍊取下墜飾，那是一枚pick，捏在右手指間，左手按和弦，他彈起了空氣吉他，隨即扯開喉嚨，禮貌與拘謹都消融在那青春洋溢的歌聲裡。

他說，這是一個街頭起家的兩人搭檔，剛發表的一首叫作〈朋友〉的歌。

朋友啊，仰頭看看現在的天空，是什麼顏色呢？朋友啊，我們能力所及的事情，其實非常有限。這是一場未知的旅程，在內心動搖、躊躇不前的時候，一回神，總還能發現有個支持的聲音就在身邊……

第二天一早，我還睡著，Vincent便起床整理他的背包，輕手輕腳地。光線稀微，有一瞬間我以為，他就是我，我就是他。

台灣短暫逗留後，他說，旅程並未結束。他將前往中國，接著是印度、中亞……他的腦袋裡有一張世界地圖，扳著指頭一路往西數去。也許三個月，也許半年，也許就像那隻沒有腳的鳥，展翅飛翔，飢了渴了，飲天上雨露，累了倦了，安眠於風裡，一輩子在空中飛翔，直到死亡才落地？

背包客、自助旅行，乃至於壯遊，世紀末都還沒進入我的視野，在台灣，也尚未蔚為風潮。那時候，更風行的說法是「流浪」：不要問我從哪裡來，我的故鄉在遠方，為什麼流浪？流浪遠方，流浪——凝固的浪似的沙漠，飄忽不定的風，披披掛掛波西米亞式的裝扮，三毛、齊豫，打磨著我們眺望遠方的眼光。

更盛行的方式是「觀光」，旅行社代辦，團出團進。儘管有各種對於觀光不懷好意的評價，然而，每個人以其自身的條件，或闊綽或窮乏，或單槍匹馬或成群結隊，選擇最適宜自己出遊的方式，不該被指指點點。我不對觀光客說三道四，就像我不道德審查旁人的生活。但我也有我的嚮往：一個人，揹起背包，落拓不羈，五湖四海走去，在夢與現實的縫隙裡有一個容身的角落。

當我看到 Vincent 喉頭低呼一聲，將背包自床頭揹上肩頭時，他的形象鍍上了薄薄一層金光。

長期苦於生活用度的我卻也沒有忘記，吳爾芙說，一個女人要寫作，除了有自己的房間外，還需要一年五百英鎊的收入，她就繼承了姑媽的遺產。我問得直率：你怎麼養活自己？Vincent沒有規避，事實是，他的坦然正表示了已經審慎盤算過。他說，他沒趕上八〇年代的泡沫經濟，但他學的是財經，九〇年代日本進入平成大蕭條，反倒靠著投資股票積攢了點小錢，網路的崛起，則使他得以突破地域限制，帶來行動的餘裕。

相較於Vincent選擇了流動而自由的人生，另一個Vincent，對照組似的，過起固著而安定的生活。

「選擇生活，選擇一份工作，選擇一項事業，選擇一個家庭，選擇一部巨他媽的電視機。」這是《猜火車》的經典開場白了，結局會不會也在預料之中：「選擇坐在那張睡椅上，看讓腦子枯槁、腦漿被擠壓得稀巴爛的體育節目，一邊往自己的嘴裡塞他媽的垃圾食物」？社畜，這是後來人們對像我這種大公司裡小職員的定義，不過，這也是很後來的心境了。我成長的年代，對白手起家有信仰，彼時初進職場，真有種赤手空拳打天下的躍躍欲試，現在想來，實在有點天真，也有點兒可愛。

昨日黃花也曾是明日之星，或許就是太順當了，我看著身旁同事以公司為家、以公司為榮，一幹就是三十年，甚至四十年，三十將屆的我，猶豫了。期待看一部未被爆雷的電影，翻開一冊不知結局的小說，開始一場新的旅程，邂逅一個陌生人，展開一段不求明日的關係。我對一眼望穿的人生裹足不前。

臨下南部，Vincent說，他將以墾丁為折返點，回台北時希望能再碰面，也許，如果你沒有其他安排的話，也許可以一起跨年。

就約在信義區市府廣場。人潮擁擠，連影子也無容身之處，蜂巢一般，蟻窩一般，不，什麼比喻都無法取代直說「跨年晚會」所帶來忙碌歡樂、街景壅塞的五感衝擊。

焦點都集中在台北101那幢雨後春筍般節節高昇的摩天大樓，現在它是世界最高建築了。驀地101燈火熄滅，預告了倒數計時。群眾爆出歡呼，10，9，LED燈在樓面秀出數字，8，7，齊聲倒數，6，5，Vincent也放開喉嚨，4，我們朝著對方嘶喊，3、2，火樹銀花，燦爛奪目，尋常人生的鏽跡斑斑，在花火映照下，全都珍珠瑪瑙一般熠耀閃爍。

我們倆緊緊擁抱。朋友啊，再見的同時謝謝你，在我們再會之前，朋友啊，我們仰望的天空，一定會無窮無盡地發光發亮。是那個街頭起家、名叫「柚子」兩人搭檔的〈朋友〉：沒有人知道明天的去向，就像風中搖曳的花朵，要相信那天，我們在心中確認的約定……

也許你已經聽出哪裡不對勁了。是的，這也是我自己編造的，事實是，台北101在九九年九月動工，二〇〇四年落成，當年才有了首次的，聚焦全台目光的跨年煙火晚會。我和Vincent，南國旅店一別，各自天涯。然而，浮空投影一般，他偶爾會在我眼前出現，Vincent就是Vincent，他是我渴望的投射。

不記得我是怎麼一腳跨進二十一世紀的了，多半是與一眾朋友在哪家pub喝酒跳舞，當新世紀來臨，我們以死生契闊的承諾深深擁抱了彼此，也許還輕輕地啄了一下唇。

我記得的是，一開年，二月，我就離職了，再過一年半，我也揹起我的背包，踏上一個人的旅程。

HOTEL
冰淇淋

12,000張
大印量

詩

問潮——關於重慶南路的提問

吳鈞堯

轉角升起詩的篝火
跟上去燃燒
用每一季蝶衣
交換幾首咖啡的韻腳
黑的才純

不添加奶精，但溶與瓊音
含幾顆軟糖，如松針如雪花
不懂的事情都會一一長大
如對街虔誠的香爐
不捨晝夜，跟上去燃燒
時間朝我淹來
才知道水火不容時
有些開關設在門後
到沅陵拾幾雙長斑的臉
進開封街，拍些走得蹣跚的鞋
我與我的歲

與存摺相同
懂得寬厚、走前幾步也經常跟隨
貼一枚流水編號的郵票
走吧，游泳去
在這一條遺失寶藏的街
還好，有路與門牌
每個定址的今生
有前情、有後記
雖不能金石為盟
但曾經歃血，就注定如潮
跟上去燃燒

留一些灰屑與風
不要太平、不要不平
我與坑疤在馬路上和解
學一頭獅子在草原奔馳

watsons
國華堂
國華堂
排骨麵牛肉麵

天仁茗茶
watsons

散文

未定版城市

陳宛茜

我們離清代有多遠？我在一本散文集中讀到，作者小時候曾目睹曾祖母的纏足小腳，以此視為與清代的第一次接觸。放下書本後我思索著，我和清代的第一次接觸，應該是十九歲剛上大學的那一年。

那一年，我在清朝末代王孫愛新覺羅毓鋆的地下書院，整整上了一年的論語。

一九九〇年代，我從彰化搬進台大的女生宿舍。那時我並不知道，我的人生從此將在台北度過。

我念的是台大歷史系。報到沒多久，直屬學長叮囑我，要到毓老的書院上課，這是台大歷史系的傳統。除了大三學長轉到政治系之外，大二和大四學長都到毓老的學院上課了，我沒什麼理由可以拒絕。

於是每週一晚上七點，剛離開小城來到大都市的我，固定來到毓老的書院報到。那是溫州街某個巷弄裡的地下室，那個時代的路燈不大亮，我穿過椰林大道投下的幽深陰影、踏上總是施工中、充滿空洞的荒寒馬路，再穿越幾條陰暗的小巷，打開公寓大門後還要往下走，彷彿要沉到另一個世紀。

毓老的書院是一個嶄新的王朝，小小的教室坐滿上百人，燈火輝煌。毓老一出現，所有學生站了起來，向毓老畢恭畢敬行鞠躬禮。毓老身著長袍、頭戴瓜皮帽、白色的長鬚飄阿飄的，手指上還戴著一個清宮劇常會看到的玉班指。我第一次看到時心中想著，哎，他真的是清朝人啊。

毓老授課喜歡講故事，從故事中我慢慢拼湊出他的身世。他應該跟滿清最後一個皇帝溥儀同年，因此幼年時曾入宮伴讀，跟過的老師包括羅振玉、梁啟超、康有為、王國維，以及寫下《紫禁城的黃昏》的英國教師莊士敦。他說自己十三歲熟讀四書五經，還被母親罵資質愚笨、別家的孩子十二歲就背完了，讓我對小說中只會遛鳥賣祖產的滿清遺老肅然起敬。

毓老的妻子是蒙古格格，典型的滿蒙通婚。清宮劇裡的王族，總有福晉側福晉、妻妾滿堂；但毓老說他這一族三代不娶妾，他來台後單身了一甲子，始終承祖訓沒想過再找另一半。他在課堂上念起妻子從大陸寄來的情書，傲然表示，這麼典雅的情書，你們寫得出嗎？

毓老說，我們那兒罵人最髒的話就是「不是人」，意境多麼高遠，哪像你們這裡罵人是一個字開頭。

民國卅七年毓老被蔣介石送來台灣，算算已在台北住了半世紀，是他在故鄉的兩倍，也比台下每位學生都久。但他怎麼看都像是從另一個時空來的人。

毓老使用的東西都用黃布包起來。這是清宮規矩，被黃布包的東西立刻變得尊貴了起來，有了新的身分。

那個時代的台北，對我來說就像一個用黃布包起來的世界，一切都是嶄新的亮眼的，但又透著古老的神祕氛圍。這麼一條不大長不大顯眼的溫州街，一個朝代就在某個角落裡靜靜醞釀著。

毓老說，如果不是孫中山，台北也是我們愛新覺羅家族的財產啊。

那時我開始念剛崛起的台灣史，導師是這個領域第一把交椅。他第一堂課先教學生認識地圖，課堂上秀出一幅幅地圖說，我們可以在一百幅地圖中找到台灣屬於中國，也可以找到一百幅地圖證明台灣不屬於中國。

我感覺腳下的土地不斷變形著。

一九九〇年代，二十世紀的末期，興建中的捷運把這座城市搞得坑坑巴巴、塵土飛揚。台北人說起這一段，會說這是交通黑暗期，許多東西正在拆、許多東西正在興建，城市被徹底地開膛剖肚、挫骨揚灰，但我們也因此有機會看見從來沒看見的城市內裡。

那時還不流行穿越劇。但我總覺得自己就活在兩個不同時空相連的隙縫中，在街上走著走著，就會穿越到另一個時代。

其實不論是硬體和軟體、土地或記憶，台北都處在一個重新定義的臨界點。雖然當時我們並不明白。

我上台北時中華商場已經拆了，但系上最紅的一堂課「中國飲食史」，教授逯耀東經常提到中華商場的美食。逯老師生於江蘇，曾在香港師從國學大師錢穆，最後選擇在台灣落腳。兩岸開放後逯老師返鄉廿餘次，走遍大江南北尋訪飲食變遷，是第一個用文化、歷史角度研究飲食的學者。我記得第一堂課，逯老師在黑板寫下他的中秋節家宴菜單，詳述每道菜的做法與典故，一份菜單就是一頁文化史，讓台下這群只會吃麥當勞的學生震撼不已。

逯老師口中的中華商場彷彿活在另一個時空。他說商場裡有一間餐館厚德福，北京厚德福是老字號，少東就是散文大家梁實秋。某次梁實秋走進台北厚德福，問掌櫃認得我嗎。掌櫃說不認得，「那你怎麼敢稱自己是厚德福？」

梁實秋的《雅舍小品》是我所熟讀的，但我要等到二〇一一年故居掛牌後才知道，書中的「雅舍」就位在離溫州街不遠的雲和街。這兩條街道的巷弄裡有許多百年日式房子，都是台大和師大的教職員宿舍。而我必須要等到下一個世紀才會發現，臺靜農、殷海光、英千里、沈剛伯、俞大綱……這些民國史上響叮噹的人物，他們漂泊多年後落腳的最後住所，就在我眼前這些破敗的日式老房子之中。

當時它們都是破舊不起眼的老房子，就像毓老的地下書院，是一個神奇的入口。如果我能敲開大門，也許會走進一個輝煌的時代。

系上好多學長姊畢業後都到了故宮當研究員，系上老師也出了好幾個故宮院長、副院長。某次和一位學長在台大校園裡漫步，他問，你有沒有聽說，當年故宮運國寶來台灣時，許多古物的靈魂都跟著上船來到台灣，投胎轉世後成為故宮研究員。所以，故宮許多研究員都很執著，一生只守護著一件寶物啊。

多麼美麗的傳說。我在淡淡的月光下邊走邊想，我們會不會也是那些古物投胎的人，走了這麼長的旅程，一生只為守護一個來自遠方的寶物呢。深夜的台北充滿幻象，彷彿有不同朝代的靈魂在這裡穿梭。

這是一座好年輕，卻已經非常老的城市。是因為這裡聚集了許多老靈魂？

新世紀我到倫敦留學，第一個宿舍位於大英博物館附近。這裡是英國文化史上著名的布魯姆斯伯里（Bloomsbury）區，宿舍後頭是文豪狄更斯故居、建築師索恩爵士故居。街道上處處可見維吉尼亞．吳爾芙、艾略特等名人的標誌；學校、公園的長椅總是寫上某個學者或藝術家、作家的名字，紀念他們曾在此駐留。這是英國的傳統，歷史就在人們的身邊，觸手可及。

倫敦的故事是定版的，是刻在公園長椅上燙金的名字，是放在圖書館裡供人查閱追念的經典。

但台北不是那樣的。從清朝來的毓老在這個城市講學一甲子收了三千名學生，但我在歷史文獻中找不到他的記載。毓老辭世後，他的門生努力搜尋資料，為他寫了一本書，但也坦承許多資料只是據說、傳說。毓老活在學生的記憶之中，像一個歷史的幽靈。

某個深夜經過大英博物館，身旁同學繪聲繪影表示鎮館之寶木乃伊會在夜裡復活，大家尖叫著逃開，感覺歷史就在我們身邊復活。

我返台當了記者之後才知道，二二八公園裡的台博館也躺著一具木乃伊。一位研究員告訴我，這具清朝木乃伊日治時代被日人當研究標本徵收，在博物館裡躺了一甲子。他形容這具殭屍一直安靜坐在收藏標本的庫房中，無人聞問。

為什麼不展出呢，他可能像大英博物館的木乃伊成為明星展品啊？研究員聳聳肩解釋，日本政府收藏的清朝木乃伊，多麼政治不正確，怎麼可能展出啊。

這具台版木乃伊叫作柯象。二〇一一年時他託夢給族人，台博館敲鑼打鼓為他辦了一場返鄉之旅，台北人才知道身邊藏了一具清代木乃伊。

那麼多故事靜靜躺在台北人身邊，躺在朝代與朝代、政治與族群認同的縫隙之間。我們跟這些故事距離如此之近，卻缺乏打開的能力與勇氣。但有一天，這些故事會突然復活。

也是當了記者之後我才知道，我住了四年的台大女九舍。設計者便是設計國父紀念館的王大閎——第一個在台灣打造中國現代建築的建築大師。

知道後我笑著通報舊友，我們也住了四年的大師豪宅啊，只是那時我們什麼都不知道。女九舍是當時台大最老舊的宿舍，多數人住了一年便會搬走。

我翻查建築史料，發現王大閎把女九視為學生宿舍的創新之作。他在屋頂設計細緻、洋溢光影趣味的女兒牆，希望讓女學生在這裡談心聊天、擁有自己的空間。但我在女九住宿的這四年，屋頂總是滿布塵埃，沒什麼人會走上去。

但有那麼一天，我突然心念一動拿起了書，走上屋頂想找個閱讀的安靜空間。書頁在晚風中輕輕翻動著。我隔著王大閎設計的女兒牆，隔著那些不被時代理解的塵埃，遙遙望著底下的台北，感覺黃昏裡的空氣有甚麼躁動著。

毓老，逯耀東，梁實秋，或是那時我根本沒聽過的王大閎。那些選擇了這個城市安身立命的台北人，那些隱約未明的故事與傳說，在這個城市的某個黑暗的角落，亮著一點點微光。雖然當時我什麼都不知道。

這是世紀末的台北，未定版的台北，因為不確定而充滿幻象的台北。

從那時起一直到現在，台北就像我手中的那本書，許多故事正等待翻動著，閱讀著，書寫著。

.my
Taipei

散文

若有一部時光機

馬世芳

若有一部時光機，我會來到一九八五年二月十四日晚上十一點，安和路一段六十九號的「麥田」咖啡館。

這家店原訂十點打烊，卻總是不由自主開到深夜，時間愈晚，熟客愈多。你推開店門，人聲鼎沸，煙霧繚繞。「麥田」有一半空間是唱片行，播著羅大佑今天發行，剛剛到貨的新專輯《青春舞曲》。正放到B面第一首，激切迫人的〈盲聾〉。歌手在中華體育館舞台放聲嘶吼：

有人因為失去了生命而得到了不滅的永恆
有人為了生存而出賣了他們可貴的靈魂
心中深處的天平上你的慾望與真理在鬥爭
曾經一度自許聰明的你，是個迷惑的人

這是台灣破天荒的個人搖滾演唱會實況專輯，然而銷量不佳，因為羅大佑根本沒心情跑宣傳，他馬上要出國了。父親替他訂了三月九日飛紐約的機票，希望么兒遠離台北的是非，專心準備醫科考試。三十多歲的人了，老是不務正業，不是個辦法。

話說不太久之前，羅大佑的父親從高雄直奔台北，在「麥田」找到了他。老人一臉凜然，拿出移民表格，在咖啡店桌上盯著他簽了字。於是《青春舞曲》內頁有了這樣一段話：「也許有少數人可以發現，我確實是演唱會中那個最孤獨的人⋯⋯到了我告別一段時間的時候了，我總不能騙你說我腦袋裡還充滿著音符。多久？請別問我。」

你一眼就會看到坐在角落抽菸，滿腔心事的羅大佑，今晚還是不要打擾他。他不會知道，到了紐約認識一群藝術家之後，他將決心「棄醫從樂」。兩年後他會移居香港，做出震撼時代的《愛人同志》和《皇后大道東》。

「麥田咖啡店」裡面這間唱片行的老闆，是音樂製作人李壽全——每個阿宅搖滾迷都夢想開一家唱片行，他替大家圓了這個夢。安和路這爿店面原本是台北最厲害的搖滾唱片行「木棉花」，一九八三年頂讓給二十九歲的李壽全接手經營，「木棉花」變成了「小西唱片行」——小西，是他新婚妻子的小名。

正好詹宏志打算開家咖啡館（這不就是文青的另一個大夢嗎），李壽全騰出一半店面，幾位好朋友湊錢認股，這才掛上了「麥田咖啡館」的招牌。「麥田」股東除了詹宏志、李壽全，還有羅大佑、「滾石唱片」總經理段鍾潭、副總經理吳正忠，和出版界的陳雨航、蘇拾平、陳正益、王克捷、陳栩椿——這十個名字，將會在接下來的二三十年，幹出許多轟動台灣文化圈的大事。比方一九九二年，陳雨航和蘇拾平一齊創辦的出版社，就叫「麥田」。

有個小青年滿臉笑容，蝦著腰推開門，肩上扛著個腳踏車輪，和認識的人一一招呼。大家哄笑：「『拿破輪』來了！」那不是二十六歲的李宗盛嗎。原來小李怕腳踏車被偷，索性卸下前輪，隨身攜帶，萬無一失。

座中笑得最大聲的，是一個義務役預官。小李指著他說：「張大春你別跑，張姊誇你寫得好，我他媽很吃醋啊！再寫個什麼來吧！」張大春說：「這樣，我又要回營，不定什麼時候寫好，到時候貼布告欄上，記得來拿，別人摘走了我可不管。」

一個半月之後，李宗盛嘔心瀝血製作的張艾嘉《忙與盲》上市，廣邀文壇健筆作詞加上概念式的組曲編排，轟動一時。他在唱片內頁寫下感言：「雖然我曾經參加過一些別的工作，但是我仍然醉心於唱片製作，並以自己能成為一個『製作人』為榮。

同時我也很歡喜有很多朋友開始注意到『製作人』，並給予『製作人』應有的尊敬。」

你四處張望：角落一桌，是楊德昌和小野在談事情。你知道他們正在聊的劇本將會推倒重來，大幅改寫，在明年變成《恐怖份子》。隔壁桌是住在附近，客居台北的香港導演。他在香港拍的片子都變成票房毒藥，乾脆搬到台灣來另找機會。你很想偷聽他會不會和楊德昌交換什麼導演心法，但他正攤開紙筆為下一部電影做筆記，頭也不抬。這時候的吳宇森也不會知道，這部還沒開拍的《英雄本色》很快就會改寫他的生命，以及亞洲電影史。

員工早就下班回家，只剩下二十九歲的「老闆」在吧檯後面煮咖啡、調酒、做蛋蜜汁，忙得不可開交。你知道，年輕的詹宏志還會愈來愈忙，漸漸沒空每天耗在店裡煮咖啡。再不多久，他就不得不把這家生意鼎盛的咖啡店頂讓出去了。

《青春舞曲》放完，詹宏志出來宣布打烊，你準備動身前往下一站。

「木棉花」不是爽心悅目的地方，
但，生命中有些特質容易被鼓舞的
容易熱血奔流的，有敏銳音感的，
唱片是這些令人敬佩的藝人的結晶
，這種特質令人感動不已……

P.S. 本月份俱樂部會員私有唱片為"Sea Level" "Return to Forever" 兩片

一九七八年三月，「滾石唱片」前身的《滾石雜誌》廿八期，有一頁「木棉花」的廣告，當時店面還在羅斯福路四段五十五號。

廣告是一幀滿版黑白照：一對青年男女在海邊，浪花掩上來，天空灰撲撲都是雲。男子長髮蓋過後頸（當年這樣的頭髮長度已經會被警察抓進派出所剃頭），背對鏡頭面海而坐。女子穿連身泳裝，面對鏡頭走來，一臉燦笑，頭髮被吹得有點兒亂，遠方是斜斜的海平面。看不出是哪裡的海，不過總是一個要坐一大段客運車纔能抵達，能讓你暫時忘記台北盆地的地方。

看到這頁廣告，你就知道：唱片行不只是唱片行，也是讓糾結的青春心事沉澱、發酵的根據地。啊對了，那兩張「俱樂部會員私有唱片」，確是阿宅級樂迷極難入手的內行之選，可以想見「木棉花」品味之高妙，聆樂幅員之深廣。

我會回到一九七七年九月十五日深夜，羅斯福路「木棉花」舊址。我打算悄悄躲在角落，聽二十七歲的胡德夫和二十二歲的楊祖珺就著剛拿到的譜，一面學一面彈，錄下編成二部合唱的〈美麗島〉。

他們這天帶著吉他和新抄好的曲譜來到離「稻草人」並不遠的「木棉花」，借用店裡的器材錄唱〈美麗島〉和〈少年中國〉。這天的錄音，便是這兩首歌存世最早的版本了。時間緊迫，〈美麗島〉吉他彈錯好幾個地方，也來不及重錄了。

他們還不知道〈美麗島〉將會成為何等重要的史詩經典。楊祖珺唱到第二遍「我們這裡有無窮的生命／水牛，稻米，香蕉，玉蘭花」，在「香蕉」這邊憋不住差點兒笑場。論場合，這委實不大合適：畢竟今天錄音，是為了隔天一早要在朋友的告別式上播放。他是歌曲原作者，卻還來不及自己錄下新歌，就意外溺水身亡。他們手上的譜，是朋友曾憲政在他房間抽屜找到凌亂手稿，連夜謄抄出來的。

那位早逝的朋友叫李雙澤，這天的錄音後來迭經轉錄，地下流傳，和他生前彈唱的demo一起，變成一小撮人的啟蒙密碼。〈美麗島〉將在兩年後成為一本黨外雜誌的名字，並將為台灣戰後最最驚心動魄的政治抗爭事件提供大標題，成為光芒萬丈的歷史符號。

我想看看他們年輕的，尚未被風霜淹侵的面孔，聽聽他們猶然清越嘹亮，樸實無心機的歌聲。後來，不管是他們還是我們，再唱〈美麗島〉，已經不可能回到這時候無牽無掛的心情了。

時移事往，如今你上網就能聽到胡德夫和楊祖珺年輕的歌聲，屢屢彈錯的和弦，和最後那個差點兒沒憋住的笑場。

或許，我應該回到一九七七年一月十二日晚上九點半，羅斯福路三段二五六號二樓的「稻草人音樂屋」。或許，我會在那邊遇到李雙澤。

我會在滿座客人之中尋找一位粗框眼鏡滿頭亂髮的胖子。他偶爾也會去「稻草人」表演，彈唱Bob Dylan的歌和〈思想起〉、〈雨夜花〉。但若遇到他，我該說什麼呢？

是否該說：「我知道你很快要回僑居地菲律賓，五月才回台灣，你一回淡水，就會跟梁景峰、徐力中一起拚命寫歌，用卡式手提錄音機錄下一批demo。聽好了：九月十號，你最好不要到海邊。要是看到海裡有一個外國人掙扎求救，不要理他，他沒事的。不要以為你很會游泳！要是非救他不可，回不來的會是你自己。欸，你根本還來不及錄〈美麗島〉！太可惜了！」

李雙澤百分之百會認為我是監視他的特務，專程來警告他行為收斂一點，否則恐有殺身之禍。他會輕蔑而警惕地看我一眼，才起身離開。這個經常一時興起泳渡淡水河的傢伙，根本不會把我的警告放在心上。我大概只會壞了他今晚看表演的興致，這可是他最喜歡的歌手：七十歲的恆春老人陳達。

如果你聽過披頭，滾石或鮑布狄倫，而沒有聽過陳達，只能表示你心胸不夠開闊，生活不夠豐富……一句話：你的搖滾精神是假的。

——「稻草人音樂屋」刊在《滾石》雜誌的廣告，一九七六年十二月

去年聖誕節開始，陳達從恆春來到「稻草人」駐唱。今天唱完，就要搭晚上十點半的觀光號火車回去了，這是他回鄉前最後一場表演。

老人就住在「稻草人」的音響室，不唱歌的時候，常常坐在店裡發呆，喝茶，

聽店裡放的Leonard Cohen和Bob Dylan。據說陳達聽了Dylan的唱片，說：「這個人唸的袂穤（buē-bái），內底有英文嘛有台語，我帶兩張轉去參考參考。」

把陳達和「搖滾精神」連在一起，不知是「稻草人」老闆向子龍想出來的，抑或是張照堂的主意？那頁廣告的照片，就是張照堂作品：陳達在恆春自家外面，穿汗衫坐在藤椅上彈月琴，蹙眉高唱，木板牆歪歪貼著斑駁的「福」字。廣告寫道：「他的歌，既不商業，也不流行，可是他的歌卻使人想起泥土，鄉愁與遠方……」

我會在靠近舞台的那一桌，遇見三十歲的母親和三十四歲的父親。不識字的陳達走唱江湖，總是即興編詞，問問在場有些什麼人物，再一一唱進歌裡，合轍押韻，好言恭維，這是賣唱人討賞的看家功夫。那天他唱到了我爸：「姓馬先生喔，是一個文秀才啊喂……」惹得我爸媽大樂。

母親面前桌上擺著卡式錄音機，架著麥克風。陳達一路從「五孔小調」唱到「思想起」再轉「四季春」，連續唱了二十四段，正好錄滿錄音帶一整面。那捲錄音帶在母親抽屜放了三十年，才被我重新挖出來，成為存世僅有的陳達「稻草人」實況紀錄。

啊我多麼想親眼看看陳達。看他手指如何在兩條絃勾按撥彈，看他唱出幾世人悲歡離合的那張缺了牙的嘴，看他僅存的那一隻悲鬱蒼茫的眼。

我願意幫他買檳榔和米酒，聽他絮絮叨叨的抱怨。然後若是可以，我會望向他的獨眼，一字一句地說：「阿伯，汝轉去恆春，身體若無爽快，就莫一個人佇外口行路，一定愛細意，千萬莫乎車撞著，拜託拜託。」

老人大概很難記住這樣的叮嚀。他無妻無子孑然一身，晚年耳聾目盲，精神狀態愈來愈混亂。一九八一年四月十一日，陳達被一輛屏東客運公車撞倒在地。楓港基督醫院不敢收治，省立恆春醫院也拒收，救護車再轉往屏東醫院，老人半途就斷了氣。再過四天，將是他七十五歲生日。

而我畢竟來不及把自己拋進那個時代，只能獨自咀嚼一切遲到的歡喜悲傷與嗟嘆。

翻開羅大佑一九八三年《未來的主人翁》專輯內頁，觸目便是這樣一段話：

該走的路還很長、很坎坷，這個世界仍然大得我們看不清楚我們最近的地平線。開闊我們的心胸視野吧！讓我們一起努力，讓後來的人更好走，否則，三十年風水再轉以後，我們可別再聽到我們曾經抬頭問的那一句話：「這一大段時間，你們到底在幹什麼？」

我們的時代，是否也將成為值得嚮往的起點？哪些名字和聲音會被牢記？哪些故事仍能催人流淚？

我終究沒有一部時光機，這得等未來的孩子告訴我們了。

1. 陳達在「稻草人」彈唱的錄音，第一句便唱「下昏二三暗正轉啊」（二十三日傍晚的時候），陳達原訂從一九七六年十二月二十五日開始在「稻草人」駐唱一整個月到一月二十四日。但據張照堂回憶，陳達唱不到二十天，就想回去了。唱詞「二十三日」若指農曆十一月，就是陽曆一月十二日，駐唱第十九天，也符合張照堂的紀錄。

2. 多年來，關於一九七七年九月楊祖珺、胡德夫初次彈唱〈美麗島〉、〈少年中國〉的錄音地點，包括楊祖珺的回憶錄《玫瑰盛開》，都記載是「稻草人」，直到二〇一七年楊祖珺拍攝《尋覓李雙澤》紀錄片，訪問當年聯繫錄音場地的老友，才確定錄音地點其實是「木棉花」。

詩

錄像機構，在中山地下街

馬翊航

當時他，是寧願重新取得
是寧願重新回答
他與他的末三碼

（店面取名微境品
應該有人固定花園：

節儉與威嚴之物的合成）

秋初休養至冬天末尾的
數叢小樹
補給空白，使其神聖地
配合地面與地底的生理現象

形 下 鋪 線 摩 林 段 宅 物 品 光 閃 片 明 車 帶 繕
線 地 店 管 按 森 階 住 寄 湯 燈 快 葉 神 停 皮 修

顯然，誤解也有它的任務

（親愛的顧客——
我認為她像水和空氣一樣永恆）

入口或出口地方
降落一個一個登徒子
帶來書信燈光
手頭一半護短，一半求歡
彷彿終於認清天使與鯨魚的職責
彷彿卵的翻版

（歲末年終感謝祭正式開始）

詩

赤峰街，夢遊仙境

陸穎魚

天氣溫柔就去赤峰街
文青早午餐，草莓蛋糕，書店與詩
或者，只剩下咖啡
可以傾訴的，另一杯咖啡
或者，可以把祕密融化的冰店

天氣哀傷就去打鐵街
皺紋雨水落在鐵門陳舊的傷口
鬆脫幾個陌生影子
踢到汽車零件長年累月的嘆息
但日式騎樓下，小小戀人
擁抱著世界末日，與口罩親吻

有時候，我會在中山站與雙連站之間
迷路；亦有時候，沉迷於地上街與地下街之間
旋轉；但一隻無國籍的流浪貓
不理世界醜惡，伏在巷弄的酒窩裡睡覺

那就禮貌地，我們不要談論死亡

走出捷運站（這裡不叫地鐵站）的號碼迷宮
我（或半個我）從香港帶來的陰影如常
擦身而過的美麗模型，自由的年輕男女
我的心在想，建成公園的瘦小白花
聽到他們在說國語還是廣東話嗎？
如果是廣東話，那有沒有催淚彈的餘韻呢
夢裡的門牌號碼1984重新被油漆
然後我經過香港人開的共樂茶餐廳
我記得，那日我是在這裡看見他的

——唱「愛在深秋」的譚校長
——支持香港警察的譚校長
（喂，我唔識你喎！）
然後我經過連儂牆上的便利貼嘴巴
所有風聲都在高呼●●●●，●●●●

因為是愛的憤怒，所以
此時此刻，我們不要談論理智
政治學、社會學，或者厭世詩
生命剩下的都是殘篇
但無命運的命運把我嫁到這裡

開一家書店，使它成為我的墓
墓的附近，有蚵仔麵線的歌聲
不過我還是比較喜歡雞蛋仔
你應該也知道很有名的無名排骨飯
我吃過幾次，愈吃愈想念維多利亞港
那排骨滷得跟那海風一樣死鹹
慢慢地，就不想去吃了
我天真地以為，不去吃就不用想了
想呀想，想前想後，於是進退兩難

想呀想，想東想西，於是一事無成
如果有人問：「攪炒」係咩意思？
一切破碎一切成灰，是不是，像極了愛情？

繼續愛一個人，愛一個地方
我走五分鐘走到中山站
南京西路對面是誠品書店
嗯——香港都有幾間了
在尖沙咀在銅鑼灣在太古城
嗯——現在返香港好危險呀（多謝特首）

繁忙的馬路上
人來人往的口袋裡
除了寂寞，其實
我還想尋找一枚故鄉的苦瓜
如果你知道哪裡有得賣
請你記得話我知，唔該晒
拜拜

汽車材料
電瓶水箱
更換機油
底盤零件
冷氣加冷媒
NO
春

福

散文

台北學洋派的一場夢——敦化南路的前世今生

馬欣

敦化南路，這二十年，像是有了它自己的今生前世一般。若不看有一頭還有間麻辣火鍋正熱門，這一整條路除了有著過多的銀行外。入夜後那份人車皆沉寂，一點也看不出來它在十年前曾是條名店街，也看不出來它曾經有一家二十四小時不熄燈的書店，更看不出來它曾依附的那個仁愛路圓環，有過多少風光的年頭。

突然之間，有人就拿走了權杖，它有了歲月落袋的沉默表情。

說到這條路，真有幾分像仁愛路的窮親戚，曾借了些台北林蔭大道昂貴的綠蔭，同時挪了點東區那時還尚稱流動的繁華。

它像這兩邊的遠方親戚，幾十年來，原本能沾光的都沾盡了。如今泡在歲月的晨昏裡，仍做著幾分溫的前朝遺老夢。

如今，只能從幾家占地夠廣的大銀行，一家有著昂貴老母雞湯的老牌餐館，抑或是幾家夠貴氣的居酒屋，及周圍鄰居都知道此地鉅富的大理石豪宅，在這些台灣早已翻頁的過去歷史痕跡中，找到一點過去飄著碎金的歷史。

它隨著最後一點外省風光落幕了。放手了街角的京兆尹餐廳，失去了從前鄰近貴族醫院的神采，從被拔掉了圓環雙聖餐廳這個跨世代戒指，誠品的倒數更像是那條街回歸住宅區的倒數，終於回到了它原本「依親」的丫頭位置。

這是一個老台北人記憶所及，但對眾人來說就像抽出的衛生紙般厚薄的回憶。敦化南路像張會被嫌厭的天龍人老臉，就這兩年，徹底被卸了妝。

你如果晚上再經過鄰近仁愛的敦化南路，除了偶爾能遇見路人遛著品種名貴的狗外。那裡幾乎是安靜到你以為很多住戶都搬走了。

曾經有這麼幾天，我曾下車在那條寬廣的「小路」，成排街燈昏暗到你以為進入了「異境」。

那裡樹多，夜露也深，那種濕度與亮度讓它迥異於我剛剛行經的煙火氣息的和平東路。走在那長長的敦化南路，遠方只剩下很小的「頂好」超市還亮著微光，像個巨大黑洞裡的小宅，標的如此小。那家街尾的超市不大，連鎖店的光也從來微光如螢火，那二十四小時的標誌更是偌大的不確定。我在那站下了車，要轉車前，去了那家那條路上最亮的超市，當時晚上十點半，超市除店員，沒有顧客，音樂也不作響，冷凍食物與人都醒著睡去，我買了衛浴用品與蟑螂屋，就離開了那地方。

突然間，我記憶中的那條「敦化南路」像被撕開了印花，還有點碎紙沾黏在我的記憶裡。一如我知道再走百步路程，是曾經很紅的時尚剪髮店，台灣曾經很流行那種出入就是在刷階級的剪髮院，如今再誇口卻都是過時行為了。

轉個角還有一些布置以過年紅氣的上海老餐館，或是那曾經端著紳士禮儀的老牛排館，那都在我可以步行到的路程，但那只像摳不掉的小數點記憶，窩擠著在「敦化南路」記憶的隙縫中。如今在夜色中它們都萎得很，看得出屋齡有多老舊，也看得出十年前的光環都落了灰。

剎那間，我覺得夜露壓過了人煙，那裡的寂寥終於還是有廢棄園子的味道，有著過分蔭涼的味道。

走到以前新學友書店的位置，有著一家很小的「義美」還亮著燈，依偎著旁邊很貴的氣功學院與少數精品店，它的粉紅招牌也照例在這條過長的道路上，閃著不確定的微光，再轉彎則是一個非常舊的按摩院，總是營業到我無法估計的時段，看起來門面神祕到讓你不知它是在等什麼客人，只是我從來沒看到有人進去過。

時間在晚上十點多，人聲、車聲卻被吸走一樣，以咻一下的效率。你於是趕著路，聞著有重量的夜露，終於在計步器上顯示著九百步後，你終於到了下一個「頂好」超市，那裡的光照樣稀微到泡在夜裡般，抵抗不了周圍的灰暗，我在那九百步中，只有看到五個路人。

中間還停在敦化中間的林蔭大道上，接了通電話，朋友傾訴著她的苦惱。半小時後，我掛掉了電話，四周安靜到只有風聲。

那時，我想這是台北市最「空」的角落了吧。那種「空」是像曾有人裝了一大袋樂高，然後被一口氣一堆符號般的塊狀物傾倒出來的那種空，像是原來湊數的都是積木，屬於這城市的積木概念，成為「曾臨演過公主的人」還在等通告的景象。

我曾經有五年，因為工作常常出入敦化轉車，看著它曾經有著小西華飯店、有著標榜最健康的貴氣麵包店、看著松青超市成了全聯、曾經名噪一時的保羅麵包店櫥窗舊得快。回想起來，那時都已是一個時代的尾巴了。街景塗改再塗改，就是還剩下一點酣沉的遺老氣，被吹吹散散，人們也都逐漸醒酒了。

誠品倒數那一週，倒數的其實何止只有一間書店。就是一點最後的時代遺跡也被拔掉了的概念。

我後來想想，那條街曾經有它的驕傲的，一條碎鑽般的名店路，雖然店坪數都小些，但有幾家設計得有模有樣。那時台灣還有點新貴感，對未來也沒那麼大的貧窮感，於是一邊有林蔭，另一邊是成排的名品。名牌肥皂、法式咖啡、歐式童裝、高級西服，還有著仿西式建築的獨棟櫥窗。我們學著洋人作派，那裡就是在消費一種「另一種國度」的假出境概念吧。

我對此路的絮叨，或許是因它乘載過我學生時代與工作時期的回憶。於是那晚我掛掉了電話，一個人在林蔭中坐著時，感受到了非常奇特的荒謬。

畢竟我還記得學生時代，能在開學前去新學友一趟，買點文具是欣喜的，或是誠品書店剛變為24小時時，我是如何像土包子一樣開心地坐著285公車，在那裡靠著西式木窗，做著我的大夢。

那時市面上還沒有那麼多工具書與金句書，我走在廊上，看到的是一整排知名作家的日本小說，轉身我又拿著外國雜誌，請店員為我打開國外膠膜，珍重地放回去，下一個待看的人馬上接受，你幾乎以為那行為有幾分神聖。然後到繪本館，又以為自己是電影《電子情書》中的角色，在翻看著某個荷蘭畫家的繪本。

直到出了社會後，我仍維持這樣的習慣，再晚出來，城市的星火還在等著我，我好像可以很悠閒，或是我以為可以很悠閒地被這城市接住。

至少那裡曾讓我做過這樣的夢，穩妥地坐在一個不知所謂的公共藝術旁，去看著別人的悠閒。有時更浪漫地去了另一角的「NY BAGELS」，在不用上班的週末與朋友大啖高熱量食物，或著因那24小時的幽光，讓我窩在一角看書。

那裡有我消費不起的名店，但曾有著更昂貴的「悠閒」。各種虛度變得理直氣壯。

如今寫這些，應該被視為天龍人惡習吧。反正我無論何時都那麼不合時宜。我只是想起舊台北的回憶，這過濕的盆地中擠出的一點濕氣，扭著這毛巾大小的街路，擠出光陰的淤水，你可以說它臭，但回憶能留住的總是香的。

它變成歲月的暗影後，我又再回去過幾次，有一晚上不知怎麼了，那條路上有半數路燈沒開，我快步走著，在快要到我熟悉的，仍然亮燈的理容院前，看到一個遛鳥俠。他一個人笑嘻嘻在前方理容院的燈光前，對著我與身後遛狗的人轉身，在昏沉夜色中打開外套。

我快速狂奔著，讓那裡被記憶的拉鍊拉上了，讓它像個真空包一樣被扔擲到外星球般，進入我記憶的歸零裡。

如今因寫了這篇才放出來遛達，遛達出我曾經看著Paul Smith的櫥窗發呆，對那樣的剪裁神往；遛達出我曾在保羅麵包店排隊買條法國長棍；遛達出我曾與母親興奮地從曾熱鬧的天母西路喝完下午茶，然後坐公車285與許多人到誠品那站下，再信步到老奶奶還在坐店時的「九如」，吃碗道地的餛飩與菜飯，是我與母親曾經最習慣的週末過法。

寫完這段的這當下，我又再度將它收進拉鍊袋中，當那裡沒「空」過。

它有過它最好的二十年，然後一夕間被人遺忘，走進了寂寥。台北學洋派的一場夢。

散文

西藏路——我心底流動的一條河

何致和

西藏路本來不是路，而是一條河。

是新店溪的支流吧？據說曾經非常美麗，也有個好聽的名字叫「赤江」，但我小時候從未聽過，也沒見過這條河清澈的模樣，只跟著大家一起叫這條臭水溝「黑龍江」。

我是在黑龍江邊出生的，那是一九六〇年代，萬華人口快速成長的時期。大陸來台外省軍民，北上謀生本省勞工，他們來到台北，在這座城市西南邊陲落腳。於是在這條已失去名字的河流兩岸，便出現了一大片低矮簡陋的房舍，密密麻麻聚集在迷宮般的巷弄裡。

黃春明〈蘋果的滋味〉有段名為「迷魂陣」的小節，裡面描寫的都市貧民窟景象我一點也不陌生，因為我小時候的居住環境就是如此。外觀的雜亂破敗是一回事，室內空間和衛生設備不足才是嚴重的問題，巷裡好多人家中沒廁所，得共用一間又臭又髒的公廁。我家的情況算好些，父親硬是隔出一個小空間，裝了馬桶供一家六口使用，還剩下一點地方夠擺個大鋁盆洗澡。那時沒有熱水器，想洗熱水澡得先燒一大壺沸水，再倒進鋁盆混冷水使用。夏天有時父親會先放半盆冷水，再把燒開的水壺放進去泡上二十分鐘，如此就有溫水可洗澡，也有涼水可飲用，一舉兩得。

我小時候對河流的記憶，有一部分和這個大鋁盆有關。這一帶地勢低窪，颱風一來經常淹水，印象中有幾次在颱風過去、積水未退之時，大人會把大鋁盆搬出來讓我坐裡面當船划。有時颱風河水沒淹上來，我會跟著年紀大一點的小孩跑去萬華國中大門前的那座橋上，觀賞黑龍江海水倒灌，一波波潮水洶湧逆流、還不時有大魚浮出水面探頭換氣的奇景。

這裡的居住環境雖然破敗，但小孩就像爛木頭上的香菇，一個個蹦了出來。可能是政府政令宣導奏效，家家戶戶都樂意增產報國，把已經有限的空間塞進更多人口。有了小孩，就要教育，因此西藏路上的學校特別多：大理女中、雙園國中、華江女中、萬華國中、雙園國小、忠義國小……若把與萬中相鄰的西園國小和西藏路頭過去一點點的建國中學和國語實小也加進來，短短不到兩公里距離，算算學校竟有十所之多。

家裡旁邊就有學校的好處是，就算聽見早自習鐘聲才起床，梳洗穿衣衝去學校都還趕得及升旗典禮。這也讓住在西藏路這一帶的家長（例如我父親），在孩子還小的時候對未來抱持樂觀想法——雖然居住環境不理想，但附近學校這麼多，最好的高中就在這一帶，最好的大學離這裡也不遠，將來孩子如果能好好讀書，從小學到大學都可以用走的去上學。

家長的想法和這條河的過去一樣美麗，但隨著我們帶回家的一張張不理想的成績單，他們的美夢很快就和這條河一樣被加了蓋。從一九七六年到一九七九年，政府花了幾年時間，用水泥把這條河蓋了起來。我國小三到六年級的那幾年，整條西藏路變成了一座大工地，也成為我們遊戲、冒險和運動的場所。加蓋後的河流變成一條八線道的大馬路，成為萬華區最寬闊的一條路，也吸引來一堆汽車修理廠進駐。但囿於河流動線，這條路不是筆直的，而且在西藏路和西園路口還形成一個頗大的S形彎道，讓所有經過此地的汽車駕駛剎時明白當初駕照路考為何會有S形進退項目。

當我小學畢業，已不必像哥哥姊姊必須過橋才能到對岸的國中。河流沒了，左右兩岸連成一塊，男生和女生卻隔開了。小學男女同班六年，到中學卻必須分開讀萬華國中和華江女中。這兩座學校僅有一牆之隔，而且萬中校歌裡還嵌有隔壁女校的名字。每回校歌唱到「華江郁秀，氣象萬千」這句，大家都會故意把「華江」兩字唱得特別大聲，好像希望隔牆的女生能夠聽見。

但我們也只敢這樣表達，不敢越過有形和無形的圍牆。記得有次擔任交通隊員，上學時間站在校門馬路對面的行人穿越道上執行交通安全任務——這條行人穿越道是新畫上去的，前幾年這裡還是一座橋，小時候我就是站在這座橋上看颱風海水倒灌——我身穿黃背心頭戴膠盔，手拿一根長棍站在當年橋頭位置，負責在紅燈亮起時把棍子打橫擋住所有準備過馬路的人。就在一次紅燈亮起的時候，我看見小學班上最漂亮的那個女生，穿著華江女中制服，從那群破敗的違章建築巷弄中走出來，停在我面前等紅燈。足足有一分鐘時間，我隔著長棍與她對望，兩人卻沒有開口說半句話，好像認識又不認識那樣。

不像小學許多同學都住同一條巷子，上了國中，同學來自萬華各地，居住分布範圍變得很大，不過最後還是得沿著西藏路走到學校，而我的日常活動範圍也開始沿著西藏路擴大。往西藏路尾走到底，是位於堤防邊的環南市場，據說這是台北最大的傳統市場，大台北地區的生鮮食材有三分之一出自這裡。我不喜歡環南市場太潮濕和太多氣味的環境，不過每次去都會看人殺雞看到出神。雞販把客人挑中的雞從籠中拖出，拿刀往雞脖子一抹一丟，雞就被拋飛進一個大鐵桶裡，在裡面撲打亂撞發出好大聲響，好一會兒後才失去動靜。

我比較喜歡往西藏路另一頭走，去萬大路那一帶的國宅。那邊也有傳統市場——除了小孩和學校，菜市場多也是萬華的特色——我不是去買菜，而是在放學後去補習班的路上，溜進國宅的租書店看兩本漫畫或打幾場手足球。國宅的店面都窄窄小小的，卻夠滿足我們在升學壓力下的一點小小娛樂渴望。

相較之下，國宅隔壁的「莒光新城」就比較像是個遙不可及的夢想。這棟十二層樓高的白色大樓出現在已加蓋的河流旁，有好長一段時間都是西藏路上最高的建築物。這裡本來不是我這個士官長的小孩能去的地方，因為裡面住的聽說都是退役將官，星光滿樓，但我國中班上有位同學住在這裡，託他的福，莒光新城樓頂成為我們在升上高中後聚集打屁聊天的地方。我們在這裡看夕陽、看星空月亮、看萬華夜景、看國慶煙火，也在這裡編織了許多美夢，似乎以為我們站在西藏路這棟最高的大樓頂，就能清楚看到自己的未來。

十六、七歲的我們，在莒光新城樓頂說了許多至今都還沒實現的夢想，有時聊到肚子空了，就會下樓沿著西藏路走去南機場公寓的夜市覓食。對我來說，南機場公寓就像太陽或月亮，是一種既定的存在。早在我出生前，早在西藏路還是一條河的時候，它就已經坐落在這個經常淹水的地方了。據說當年它是台北最現代的集合住宅，我家那條巷子裡的人還在共用公廁，南機場公寓的住戶就已有了新式的沖水馬桶。

我沒見過南機場公寓輝煌燦爛的樣子，就像我沒見過被加蓋的黑龍江過去到底有多美。從小時候跟著哥哥姊姊去南機場的「哈哈世界」買文具開始，它就一天一天衰老，而我則漸漸從孩童走入青春。南機場夜市說是夜市，其實許多攤位從中午就開始營業。水餃、現打果汁、雞肉飯、米糕……這裡有很多好吃的東西，但我們最常光顧的是那家賣豆花的攤位，而且一定要在傍晚七點左右去吃。理由很簡單，因為老闆娘的女兒和我們一樣是高中生，每天都會在這個時間來攤位幫忙。我們在這裡不知道吃了幾碗豆花就為了看她，但直到離開高中的年齡，都沒人敢開口跟她說話。南機場的豆花也許不是特別有名，但說也奇怪，後來我們都沒吃過比這個攤子更好吃的豆花。

從渴慕愛情到擁有愛情，我們像西藏路兩旁的刺桐樹一樣快速成長，卻終究沒能長成父母期待的樣子，高中未能實現他們的美夢沿西藏路走到植物園對面的高中上課，大學讀的是更遙遠的學校。我們離家的時間變多了，走在西藏路上的時間愈來愈少。成年之後，時間流動的速度好像加快了，而西藏路的發展卻緩慢了下來。從我大學畢業入伍當兵那年開始，台北有了天翻地覆的變化：鐵路地下化、中華商場拆除、光華商場改建、101大樓完工、每隔幾年就有一條捷運路線通車。就連萬華車站都蓋起了新式飯店，這條西藏路卻沒什麼改變，還是一直維持在二、三十年前的樣子。我不介意這種不變，儘管我很少回來，但我知道那些熟悉的東西都在那裡。就像萬大路口的蟹殼黃、三元街口的福州麵，這麼多年過去了，它們一直在那，味道也不曾改變過。

不變能讓人有穩定和安心的感覺，但西藏路的改變還是發生了，這兩年尤其明顯。西藏路底蓋了嶄新的家禽批發市場，一到夜晚就繽紛綻放檳榔攤的光芒。舊到快變成古蹟的環南市場已被拆除，而西藏路頭則有捷運延伸進來，豎起圍籬開始施工，如今西藏路又和我小時候一樣變成了一座大工地。小時候的我很難想像河流被加蓋變成馬路的樣子，現在的我同樣無法想像，未來西藏路的地底下同時有河流和地鐵穿過，將會是何種景象。

或許有天我將不認得它的樣貌，但我知道，西藏路不只是一條路，而是一條河，永遠都在我心底溫柔地流動。

4

85
安

散文

站在檳榔路有冤魂的後山指認自己的家像一個新婦

顏訥

帆布臨時搭起的棚子，在艋舺西園路邊角，一夜之間長成天長地久的規模。如果有人非要惡作劇給出那種為難人的題目：請用一句話形容台灣。我會帶他去看一個喪葬棚架的誕生。就算匆匆忙忙，東拼西湊，也不能不鼓鳴旗飛，花團錦簇，是這樣的架式啊，我的台灣味。

搬離台北，到後山住了十幾年。十幾年後的後山，與十幾年前一樣，像忘在櫥櫃最上層釀酒的玻璃缸，地震時酒面只輕輕一晃，又迅速安靜下來。即使後山閒下來的地多，巷弄鬆緊有致，連市中心最繁盛的地方，也不能說車水馬龍。但像這樣唏哩呼嚕就佔去馬路巷弄幾個禮拜，把送行大張旗鼓公共化，鄰里親族往來方便，但不相干的過路人卻難免被迫參與的棚子，即使在地闊天寬之處，也是逐漸掩了聲息。

其實，緩下聲息的送行不一定事關地大地小，或私事應該私了。但私事公辦畢竟少了活人死人之間那些死去活來的恩怨綁架，好像讓憑弔與悲愴也感覺有了效率。每老一點，是不是就把更長一點的人從世界邊緣擠出去了呢？參加的喪禮慢慢多於婚禮以後，行禮如儀之間，有時也有餘力浮想聯翩。

在台北，我穿過山洞去辛亥路殯儀館送行。我沿著行天宮圍牆到民權西路一間緊挨著一間的佛堂送行。我也搭過很遠很遠的車，隨長輩領了號碼牌，等在三副棺材後面，在三峽火葬場排隊看火焰把阿公吞滅，然後各自到小吃部吃一份熱的排骨飯。

許多台北我不曾探過，有時還喊不出名字的山林街巷，想想都是往生者帶我去的。

帆布棚紛紛收起來了。送行者們走進收拾齊整，規格化的靈堂裡，竟也是摩肩擦踵，雞犬相聞。守夜如果無聊，還能探過頭去，窸窸窣窣與別人家女兒交換摺蓮花的技藝如許。有時，小小的廳堂，十幾張遺照嘩啦排開，鮮花素果金童玉女風格各異，看著倒也像週末創意市集，或社團成果展那樣琳瑯滿目百鳥爭鳴。因此稍有不慎，某個顧人情講禮數勉強趕來的同事或遠親，就對著陌生人的照片上錯了香，如此尷尬的事也是有的，只能當給臨桌叔伯阿姨添些意外福報。

這樣說起來，離開棚架，不在馬路邊的送行，原來還是非常公共的。

九〇年代的都市喪禮，偶爾也是街頭巷尾熱熱鬧鬧。在聽過政治是眾人之事以前，恐怕台灣兒童更早知道喪禮才是眾人之事。

至於喪禮的政治是眾人之事，那是要大了以後，突然不能豁免於被丟進家族某個角色，才慢慢看懂了一些。又或者更大以後，成為誰家太太誰家媳婦，一下子從翻看別人家族相片，不要不緊喊幾聲哎喲二伯少年時陣足緣投喔，一下子就摔進鏡頭裡，灰頭土臉。頭幾年，作人新婦擺拍的潑死，大概也就像九〇年代流行過的經典恐怖照片。歡樂的畢業大合照最後排，總有一張多出來的臉，卡在同學肩膀上，被調成了灰階，露出不甘心的表情。

六歲或者七歲那年，台北縣還沒變成新北市，我住在新店區公所後方彎彎曲曲的巷底。

假日英語補習班提早下課，沒到和爸約定的時間，天色尚亮，突然下了決心，要沿長長的北新路走回家。那時怎麼就沒想到，無論如何這等大事，也該先找個公共電話向家人宣告呢？總之往事湮遠已不可考。彼時我大約是忙著想方設法，著迷於幹大票的，看起來老練的計畫。那是一段特別著急自己長得太慢的時光。對於經常掩飾不住，老被大人責罵的粗心蠢笨，深深感到不耐，以為是幼稚病，大了就好。

小孩裝大有時出於無人看顧的無奈，有時出於過多關照則老想證明自己的討好。

總之兒童早熟經常被視為一種溢美之詞，其實往往是過譽了。

總之，六七歲的第一次長征，果真還是粗心蠢笨，竟往完全相反的方向踏上歸途，在北新路複雜的巷弄迷了路，最終在靠山，天寬地闊，還植有一圃菜園的巷子，闖進一座特別巨大的帆布棚架。

我第一次看見了棚內的風景，死亡原是如此繁花似錦。

一張我不認識，但一定有一百歲那種老法的臉，在鮮花簇擁中冉冉升起，笑相莊嚴。但不知為何，我總感覺那種沖印出來過分鮮豔的笑另有隱情，像是委婉的求救，因而本能性豎起寒毛，生生懼怕起來。

喪家吆喝著，忙進忙出，沒人發現多了一個孩子，任由我左顧右盼，在鑵頭塔與花圈間晃蕩。這也不奇怪，喪禮上的小孩通常比鬼魂的存在感還低，踏在沙上可能都不會留下腳印。

天色很暗了爸才找到我。此前應該是心急如焚尋過北新路上所有不安好心的巷子們。他向喪家道歉，拽著我的手拖出棚外，上了車，竟就默默地沒有發難，只簡單說了下次不要再這樣亂跑，然後就面色灰白，在北新路上安靜地開著。夜色中爸映在車窗上的倒影，也像畢業大合照裡，多出來的那張臉。

北新路寬闊有菜園的巷弄容下了一場盛大但與我無關的死亡。還不知道公私應當分明的六七歲，我只隱約感覺自己犯了什麼禁忌，越過了什麼界線，往與家完全相反的方向遠遠地去了。

西園路的送行還在繼續。這是第幾夜了呢？

鄰里黃髮垂髫，熙來攘往，摺蓮花小桌上洗牌一樣，已經換過好幾張臉。臉們烏壓壓過境，直至我張口都是乾的，已經認不出親屬關係，只好統統喊叔叔阿姨。摺蓮花阿姨們有海口的腔調，宜蘭的腔調，舌頭藏起不同的地圖，一起就落在了艋舺。咬著不同的腔調，下午有閒她們也經常聚在這裡，街頭巷尾的事無所不知，把艋舺也住回了靠海靠山的村落。

新的阿姨進門，報到，拈香，打量我，咬耳朵。「恁是啥人？」「猶未過門的新婦啦。」早來的阿姨熱心答以權威口氣，話都還沒說完就又摺好兩顆金元寶。

搬回台北幾年還經常覺得自己猶未過門。租在科技大樓後學生群聚的巷子，上路時還得打開姑狗地圖，活像個新婦。和平東路的巷子雖然有樹有公園還偶有居民的開心菜圃，但離山很遠，不曾在那裡看過有人辦喪事。蛋黃區的居民好像都不死，或死得節制又隱密。

此前，我短暫愛過一個人。他在敦化南路的家離我後來的租屋處不算太遠，彼時我還住在花蓮。那是一段如搜救隊在瓦礫堆旁待命，一接到訊號，就立刻揹起裝備北上探勘的動盪年代。有一回，男子送我去火車站前，站在大樓門口，突然慎重其事，伸手指向橫過敦化南路的街區。忠孝、仁愛、信義、和平。他大聲朗誦出來，說這可是有順序的只講一遍，你趕快記下來。

忠孝仁愛信義和平。我緊張得胃絞痛，複讀機一樣跟著他的指示在心底默念過好多回。他是在教我認會台北的路，我以為是想領我找到他的家。我背下安和路上的酒吧們，侃侃而談仁愛路其實沒去過的餐館，在那些裝得老練的刻時以為自己看起來就不蠢笨，以為自己正在被接受。

搬離台北那麼久，男子總不吝於讓我覺得台北陌生。他說在新店出生很鄉下耶，不能算是台北人吧。某一夜與朋友在東區茶街碰面，電話那頭他冷笑，喔沒想到妳是那種混茶街的女生。我沒聽懂意思，怕問多了更鄉下，但如論如何，話裡頭的輕蔑我是聽得懂的。提早離開聚會，走上忠孝東路，那時亞力山大健身中心還沒惡性倒閉，業務欺近要我填問卷，見我肩上一大袋起了毛邊的行李，立即說抱歉不用了，收回問卷，轉身向等在捷運站口時髦的東區女子走去。

搬回台北幾年啊，早就和敦化南路的男子失去聯繫。忠孝仁愛信義和平之外台北還有好多條馬路我已經去過，有很多是往生者帶我去的。捷運站口World Gym業務拿著問卷走近時，我可以告訴他謝謝不用了我已經有習慣運動的地方。而當時以為是情話的忠孝仁愛信義和平，多年後想起來，其實更像是一種訓誡。

搬回台北幾年啊，還租在科技大樓小巷內的頂樓套房，鐵皮加蓋，台北的一切都還像新的。只有在冬天牆角潮濕到長出一朵小香菇時，才想起小時候新店老公寓裡落下粉塵如雪的壁癌。或偶然聽聞七張站原來有一處穿梭陰陽界的靈異入口時，小聲喊出那是小時候常和爸媽去的舊麥當勞啊。

後來，我與不教我背路名，但願意和我一起探路的好朋友訂婚，開始在他住的艋舺識得一些路。例如，他的阿嬤早年在三水街新富市場賣水果，清晨就踩著腳踏車去萬大路第一果菜市場批貨。艋舺沒有人不知道從鹿港上來的水果阿嬤能幹。水果讓阿嬤在西園路上逐一添置了樓房，捲毛阿公用其中一間店鋪開了一陣子葬儀社。也有很多時候，醉倒在桂林路或西昌街的茶室，等著阿嬤從市場回來雷厲風行一間追過一間去逮人。

關於艋舺的故事還沒聽完，華西街再往下的路尚未認清，阿公就離開人間，去阿嬤逮不到，真正的溫柔鄉了。

喪禮棚架挨著阿公開過葬儀社的店面旁，以地利人和之便，風風火火搭建起來。大家都來祭弔開過葬儀社的捲毛阿公，勸慰能幹的水果阿嬤節哀莫哭。但總在踏入門以後，一眾姨嬸們又抓起阿嬤的手，像是團練了很久，校準哭調仔音頻，以協和的節奏哀聲哭倒。

「猶未過門的新婦」。像背誦忠孝仁愛信義和平一樣緊張，我在棚架下反覆揣摩這新得還有些燙手的角色，依習俗穿上整套大紅洋裝，在一片嗡嗡低鳴的黑中，喜慶得如火燎原。親族們交頭接耳，伊是啥人伊是啥人？我感覺自己在別人族譜裡歪了一隻腳的板凳邊上，或坐或站，最後不如半蹲著，對來往探路的人沖印出過分鮮豔的笑。

鄰居阿姨們見我紅衣入門，擱下摺蓮花的手，哎喲一聲抖擻羽毛，要我即刻脫下黑色絲襪換上膚色的，比較得體。我趕忙弓身把襪子捲到腳踝，她們便攏起翅膀，對我的受教稍微滿意。我突然感覺自己在西園路那一座五彩棚架下，穿越了七張麥當勞的靈異入口，走入曬有蘿蔔乾的鄉下大院，眼前一切都像新的。

其實台北之於我最初也有點鄉下院落那種天寬地闊的意味。生在新店邊邊角角，如今可說是非常筆直氣派的中興路還沒鋪起來。一九七九年，爸媽結婚，向外婆借了頭期款，又負擔不小的貸款，花八十四萬購入新店檳榔路靠山小巷弄底蓋得像一座四合院的公寓。六年後，生下我，四年半後，又生下弟弟。

夏天新店濕熱，屋子裡待不住，爸和媽就帶我們穿越彼時還不是中興路的路，拾階往後山一座大家都喊媽媽樂園的小公園找涼快去。我們喜歡站在土坡邊緣往下看，搶著伸手去指山下那座蓋得像四合院的家。其實方位完全錯了，但我和弟認家認得過分熱心，大人也就任由我們胡亂去指。在識得忠孝仁愛信義和平之前，那是我最初找到台北的方式。

我很少和人談起檳榔路或媽媽樂園的事。並非掩蓋來歷，只是記得的不多。真要說起來，也只剩下放學途中爬濕了巷口磨石子牆壁的蝸牛，或者後山泥路上被踩扁的蜈蚣，零零碎碎，一些不必一定得發生在檳榔路的片段。其實搬來又搬去，日子一點一點長長，小時候伸手去指，大喊那是我家耶的熱心，也就平白淡去。記憶沿街灑了一些，然後又潑出去了一些。偶然把罐底僅存的拖出來曬太陽，忘記旋上蓋子，慢慢蒸發了。

西園路喪禮上，我隨意與人談起我的新店。中興路蓋起來以前究竟是什麼路呢？想了老半天，終於記起來，連路都沒有呢，僅僅是錯落幾塊田，我與隔壁哥哥經常騎三輪小車，在泥土地上輾過淺淺印子。那個哥哥在世界上輾過的印子也是淺的，太早地過世了。大約是為了替即將乾下去的話題加水添油，親戚拿起手機搜尋檳榔路，後山，忽然露出恐怖的表情。你知道那裡以前叫檳榔坑，後山的大粗穴礦區，是二二八事件還有白色恐怖執行槍決的墳場嗎？當地耆老說，因滿山埋冤骨，鎮公所大量噴灑消毒水掩蓋屍臭。山下的居民們並不談論山上的氣味，直到雜草重新茂密長起來。

他問，你們家不是二二八受難者嘛。結果你小時候住檳榔路，都不知道發生在大粗坑的悲劇嗎？

牆上的蝸牛，地上的蜈蚣，這些便是我對出生地碩果僅存的記憶。我突然有些尷尬，感覺又是那個走反了方向，闖入禁地，粗心蠢笨的六七歲。真正成為了一個外地人，再返到台北，才活得有一點點歷史。

小時候回鳳林，暑假長得發慌，我跟表妹常常在二二八被槍殺的外曾祖父蓋得斜斜的墳上溜滑梯喔。大概為了化解尷尬，我沒來由向對方訴說了這個奇怪的場景。

還沒說出來的是，檳榔路的日子，我和弟弟真的曾經如此無憂，在那個被稱為樂園的山坡，拚命伸手去指，爭相走告，山下那個是我們家喔，得意洋洋，覺得自己十分像個大人。

在災難上溜滑梯，天真與殘酷失之交臂的歷史，原來早在我走進北新路某巷底巨大的喪葬棚裡，晃蕩在罐頭塔與花圈之前，就已經跨過了某一條我自己都不明白的界線。

這是第幾夜了呢？西園路的送行還在繼續。親戚禮貌結束話題，移開了目光。我把脫下的黑色絲襪慢慢束好，收進紅色大衣口袋。莫名想起從前看《大紅燈籠高高掛》，最愛片末的一幕。棄婦頌蓮發瘋以後，老爺又娶新婦，嗩吶奏得震天價響，大紅轎子扛進院落，她一身灰藍布衫，獨自遊蕩在宅院中，豔紅的燈籠，一盞又一盞，那麼喜氣，在夜色亮起。

NO
SMOKING

小說

七星池祕境

陳又津

我不識字，不知道這牌子上面寫什麼，馬上就要走了。你不是國家公園管理員？還好還好，嚇死我了，以為要罰錢。以前這陽明山到處都可以走，忽然間說不能走就不能走，真的很過分。我這輩子都住在北投，那時候這些公務員都還沒出生吧。但我不是北投人，爸媽都在彰化種田，算命的說我剋父剋母一生孤苦，要把我送出去。但我是老大，生出來不哭不鬧很好帶，後面的弟弟妹妹我也會帶，爸媽久了也忘了把我送出去。只有家裡沒錢的時候，要我乖乖聽話，才會講這句話威脅我。

我出生的時候晚報戶口，現在也不知道自己的生日，但我很確定是八七水災，我那時九歲或十歲，天上的雨突然倒下來，四周白茫茫一片，阿爸阿母在田地做農，全部被暴漲的溪流沖走了。家破人亡之後，弟弟妹妹跟我都要送人，但親戚不敢收我，怕我剋死他們，就送到北部來，這幾十年來沒有回去過。

好吧，跟你講也無所謂。

人家都說我們躺著賺，可是查某間那種從裡面痛到外面的生活，他們懂嗎？我長得醜，工作比其他的女孩子少，常常沒工作被派去掃廁所。我很生氣，為什麼其他女孩子都不用？因為她們忙著賺錢。我掃廁所看到客人的素質，外面看起來很斯文，結果上廁所不沖水、大便塗得到處都是。也有人外表很粗俗，但是會抱小姐去洗澡的。客人嫌我醜，會挑我的不是小姐都怕得要死的怪人，不然就是好心人。我記得有個老兵，每次來都帶糖果給我。雖然還是很痛，但糖果含完，他也差不多了，剩下的時間還可以下跳棋。後來他說要去跑船，不知道後來怎樣了。過了幾年，我長大轉做有牌的公娼館，一天只要做兩個就夠吃飯，是我人生最快樂的時候。

那時候美國人很大方，有時一個人會請兩個小姐，如果他們有什麼要求我們不想做，裝作聽不懂就好了。他們很喜歡我，不覺得我眼睛小是缺點，覺得是東方美。美國大兵年紀跟我差不多，最多二十歲出頭，從越南來度假。有一次，兩個美國人說要拍裸照，價錢加倍。服務的小姐嚇死了，怎樣都不肯，氣氛鬧得很僵，另一個小姐很有義氣，就說她沒關係，反正照片在國外也看不到。

一個大兵，跟兩個美女洗溫泉。

這張照片印在美國雜誌，我們這家店紅了，但老蔣氣死了，叫警察帶走兩個小姐。報紙那幾天都在說，這些小姐讓台灣丟臉，應該禁止我們工作。可是我不懂，如果是這樣，為什麼要讓美國人來台灣呢？外省人、台灣人來嫖妓不丟臉，外國人來就丟臉嗎？我反而覺得這些美國人還比較好，至少錢給得多。

好險不是我去拍，雖然也輪不到我頭上。兩個小姐放出來，整個都變了樣，好心去拍的小姐說如果還有下輩子，做貓做狗都好，就是不要再做女人了。幾天之後，我看到新聞說她落海死了，死時穿著紅色洋裝，變成厲鬼也要跟這個社會抗議。那麼漂亮的人，年紀輕輕就走了。如果我多跟她說點話，會不會改變她的想法？那陣子休息了幾天，等沒有記者來了，老闆就叫我們上班，生意甚至比以前好。那是我第一次發現，長得漂亮很可怕，因為大家都知道你漂亮，漂亮不像有錢一樣藏得住，漂亮的人要什麼有什麼，人家自然對你比較好，罵你也比較小聲，更不用說打你了，根本捨不得。但有一天，上天就收走了你唯一的東西，然後你就不知道怎麼活了。

我們跟其他工作沒有兩樣，要練習技術，定期繳錢檢查身體。我坦白說啦，保家衛國我們也是有份，保護國家是軍人的事，但解決那些人的需求，讓治安變好，我們公娼也有貢獻。不然美國兵動不動強暴小孩，外省軍人殺掉女學生，這種亂七八糟的事還不夠多嗎？公司正派經營，我們姊妹互相交流，有事也有人馬上處理，不會有危險。姊妹之間也會討論哪裡比較好做。但是到了李登輝，這全部都不行了。這次不是老蔣那樣開開玩笑，北投的店都關了，有牌的變成沒牌的。客人欺負我們得更厲害，就是看我們不敢報警。我被白嫖幾次就怕了，姊妹還有被打的，哪天死在床上也不用意外。我不敢做黑的，人也沒讀書，做工也做不來。我問常去的溫泉旅館，他們說，不然來做清潔工。

我最討厭掃廁所。

小時候被那些小姐笑還不夠嗎？

可是她們年輕漂亮。真正的紅牌靠著手腕、才情，想辦法脫離北投這種地方，給有錢的老闆做小，去條通、艋舺跟皮條客搭檔接客、開店，穿金戴銀，日子過得比以前好。可是那時我已經三十歲了，除了做這個，什麼都不會。洗廁所就洗廁所，誰怕誰？用鹽酸洗馬桶，頂多是手破皮，下面也不痛。馬桶比人單純多了。從溫泉旅館、住家到大樓，我還是最喜歡做大樓，上班族比較沒時間去搞壞廁所。

我那些姊妹笑我傻，離開北投不就好了？但我喜歡陽明山，喜歡溫泉，連生鏽的電風扇和冰箱，我都喜歡。我不知道，笨笨洗廁所反而救了我一命。先前在條通開店的姊妹來我家避風頭，我以為她在那邊風風火火，結果被債主追得沒辦法，前夫也不聞不問，更不能去打擾兩個念國立大學的小孩，只好來找我這個很久沒聯絡的人。

五十多歲的女人，穿著黑色的衣服褲子，還是很漂亮。每天我出門她就出門，很晚才回來，好像是為了不要造成我的麻煩。但兩個人擠一個房間，總是有些不方便，我以為只是住個一兩天，想不到住了一個月，我想請她走，又不知道怎麼開口。她以前就是個義氣的人，別人說我閒話，她也從來不笑我。可是她怪怪的，常常跟空氣說話，我也怕她會對我怎樣。隔天早上，她沒打招呼就拿著行李消失了，我不敢追問更不敢看新聞，就怕聽到跟以前一樣的壞消息。想不到幾個月後，我再見到她，她變成道場仙姑，手拿拂塵，灑點甘露，「我們這一世要多修行，才能早日超脫輪迴。」

其實她從小就有特殊體質，可以跟「祂們」溝通。可是「祂們」都叫她做些吃力不討好的事。到了這年紀，她認命了，不做就會跌倒、受傷、生病，甚至落得婚姻事業兩頭空。我一直以為是她壓力太大，想不到道場很多師兄師姐都信她。她從來不拿錢，連發票都不對，一拿到發票就送旁邊的人。她怕萬一中獎了，這擁有的一點平安就沒了。她唯一的興趣是爬山，尤其是七星山。很多人都以為山裡有墳墓，有怪怪的東西。但仙姑說山裡的磁場很乾淨，不會有些有的沒的，反而平地才是亂七八糟。我們道場有時候會來山上健行，就是要洗去這些雜亂的想法。

我認分做自己的事，到了這年紀也不用在乎男人的眼光。他們大部分的人也不行了，只是嘴巴愛說，那就讓他們說，反正他們會請客。我偶爾會去小吃店兼差，也在那邊認識了黃小姐，她每次都會打包吃的，不管有多少都帶走。有一次到了下午五點，天還沒暗，她就急著打包要走了，男人也差不多要回家吃飯，或是去哪邊運動，大家就散了。她問我：「要不要去餵貓？」

黃小姐帶我去以前是眷村的地方，拆遷的時候好像有年輕人來抗議，也鬧過自殺，但拖了幾年，還是拆了變廢墟。這些貓不知道是不是那時候就有了。變成停車場以後，外勞會推老人坐輪椅出來，有人做運動，大家熟識了會聊天。黃小姐把錢都拿來買貓飼料、貓罐頭，還帶這些打包的食物。她一喊，全部的貓都來了。

幾十隻貓出現在矮牆上、車子頂，黃小姐把餵貓當運動，找到一個出門的理由。她來得最勤快，除夕、過年照樣來餵貓，她孩子在美國，不一定每年回來過年，她沒事做，看到這貓可愛，就當作自己的孩子養，現在這野貓比親生孩子還親。這隻吃得多，那隻喜歡曬太陽，有的喜歡吃罐頭，每隻貓都有自己的習慣和喜好。有時候貓咪還會為了吃快吃慢而打架，所以餵貓也要注意，要幫牠們分開吃飯的地方。

我注意到鑲金欸，就是因為她吃很慢，長得特別醜，讓我覺得我們很像。別的橘子貓都很壯，看起來很氣派，但她不知道為什麼瘦瘦的，嘴巴還流口水，搞得下巴濕濕臭臭，也沒人想摸她。我那天經過停車場，沒帶飼料或罐頭，但看別的貓想搶她的飯，我不忍心就在前面幫她擋，後來下班就帶罐頭給她。大家都叫她小橘子，但我叫她「鑲金欸」，她身上的虎斑很像黃金，金光閃閃，覺得這名字很適合她。

後來她牙齒掉了，口水不再弄濕下巴，整隻貓看起來乾淨多了，也不那麼臭。

不知道她幾歲了，但年紀應該是不小，雖然很多家貓都活到十五歲二十歲，但野貓常常只能活個三五年。不只是貓，人也是一樣。日子不好，很難活到我這個歲數。

我們是好心餵貓，可是附近鄰居討厭貓，冷言冷語就算了，看到我就叫我不准餵，還威脅要打我。我們都會收好垃圾，看到大便也會拿起來。還好有黃小姐在，她講話大聲，三兩下就嗆回去，別人不敢再說什麼。

後來，黃小姐好幾天沒來，聽人家說是倒垃圾出了車禍，當場被輾死。我也有幾次追垃圾車跌倒的經驗，還好後面沒車，不然我就先走了。黃小姐走了以後，就只有我一個人餵貓了。我也常常在想，萬一我走了，這些貓怎麼辦？也有人零星餵貓、抓貓去結紮，貓慢慢變少，環境應該沒有太多麻煩。但不知道是誰，在罐頭摻老鼠藥給可憐的貓吃了。我發現的時候貓嘴還有血。

為什麼連一條生路都不給？一定要大家都去跳海才滿意嗎？

還好鑲金欵還在，默默地站在旁邊，只是胃口不好，沒動我給的東西。不知道她是捨不得同伴，還是不敢吃我給她的東西。連我都沒想到她會活這麼久。這隻貓實在很得我的緣，停車場那麼多人餵貓，她就只給我摸，我覺得對她有責任。就算今天躲得掉被毒殺，哪天會不會被狗咬破肚子？我把屍體收進垃圾袋，鑲金欸也跟著我走了好長一段路，我忍不住跟她說：「你在外面，我真的會煩惱。」

我怕這輩子再也看不到鑲金欸，也不管貓聽不聽得懂，說：「你跟我回家，我就照顧你一輩子。」她好像聽懂了，跑來我腳邊蹭。我把貓抱起來，放到外套裡面，跑去騎機車。

貓很輕，可是機車的聲音很大，貓在外套裡面亂抓，還好是冬天，我穿的衣服夠厚，不怕被抓傷。房東不准人養動物，但我不管了，鑲金欸的情況不能再等，我也做好了被趕出去的打算，可是她真的好乖好乖，從來不吵不鬧。

鑲金欸在這邊住下來，慢慢變胖，每天在窗台邊看著外面。有時候別的貓經過，她還會嚇得跑到我床上。奇怪，她不是外面的野貓嗎？怎麼連這點東西都怕。不知道她前半輩子怎麼過的？

有一次，廟裡有老鼠，仙姑想借貓放在廟裡幾天。但我想不對啊，老鼠也是生命，鑲金欸這樣殺生不也是造孽？仙姑說，老鼠肆虐才會冤冤相報，早點結束牠這趟輪迴才是慈悲。結果真的給鑲金欸抓到，一隻像兔子一樣大的老鼠，就放在神桌上。大家都稱讚是神貓。仙姑還給鑲金欸起了法號，叫作思妙天女。

「思妙以前是家貓，後來被丟掉，又不像野貓那樣懂得佔地盤，想靠近人又常常會被打。但是遇到你以後，是她生命中最幸福的時候。」

仙姑說的這段話，據說是鑲金欸平常喵喵喵的意思。

但鑲金欸畢竟是老了，但她還是乖乖讓我帶去看醫生，乖乖吞下藥丸。待在我的房間，就連腳痛、最後要離開的時候，都只有發出小小的聲音。仙姑竟然也跑來醫院看她。一般來說動物靈不會去找仙姑，但仙姑說她忽然有感應，而且鑲金欸也算是認識的，就趕快來動物醫院找我，轉達鑲金欸的意思。

「她不放心你年紀大了，身體不好，又一個人住。」

鑲金欸狀況時好時壞，連醫生都覺得奇怪，看指數已經不行了，忽然又迴光反照，讓我完全摸不清頭腦。——結果是貓在煩惱我嗎？每天不斷地打針、吃藥，我知道這種日子很難過，只能忍著眼淚跟她說：「你早點去西方極樂世界。不要掛念我。」

鑲金欸應該聽懂了，眼睛慢慢閉起來，呼吸像是睡著一樣，慢慢就沒有了。醫生確定了沒有心跳，送去火化以後，再把骨灰給我。我把鑲金欸埋在這裡，讓她在磁場乾淨的地方好好修行，以後就不用再做貓了。我來山上，其實是來看貓的。要是管理員知道，一定會罰我更多錢。

鑲金欸過世後，我問仙姑，她是不是還在我身邊？仙姑說，鑲金欸還在，但畜牲道需要更長久的修行，叫我不要常常去打擾她。等我們修為有成，離苦得樂，自然能在天上相聚。但我沒事還是會偷偷跑來跟鑲金欸說話。你看，這幾顆能量石連起來彎彎，像是在笑，這是不是鑲金欸叫我放心，她在那邊過得很舒適？

散文

台北私記憶

陳雨航

第一次到台北來是一九六七年九月，高中畢業。不是來上大學，我是來補習的。我提著行李從火車站前坐了輛三輪車，穿過高樓林立的館前路，經過總統府、北一女中、建國中學，到植物園附近和平西路二段叔叔家。

第二天，我騎單車循原路回到館前路，在建國補習班註了冊，成為眾多重考生的一員。多年之後習日語，學到「一浪」、「二浪」這兩個字眼，沒學校收留，心緒就像武士失去主家成為「浪人」一般。

我很快就適應了台北的生活。第一次離家，真的像脫離籠子的鳥兒，過著自由自在的日子，而且有點自由過度了。補習班的課表排得很滿，但上了幾天後便漸漸被附近的新南陽戲院的《北國尋金記》、《聲威震九州》等名片和重慶南路書店街裡那些《海外夢迴錄》、《海那邊》等留學生文學和王尚義《野鴿子的黃昏》、《從異鄉人到失落的一代》以及存在主義的書等等誘惑走了。只固定去上數學課，因為我們是舊數學的最後一屆，要重考就得學當時所謂的「新數學」裡面有些新的概念甚麼的。不知是不是教科書改了版，還是那個時代聯考只有百分之二十三左右的錄取率，補習街滿滿是像我這樣的重考生，中午下課要下樓吃飯，電梯是別想搭了，擁擠的人羣從十樓沿著階梯往下走，要近十分鐘才到得了一樓走道。

叔叔是父親的堂弟。他們那一代的族人開始有機會作務農以外的選擇，父親先到日本求學，之後叔叔和他的親弟弟也到了日本求學，他們先投奔父親，然後再找可以提供食宿的家庭幫傭，苦讀完成學業。日本戰敗之後，叔叔和父親一樣先後回到台灣。因為是高雄家鄉少數在台北居住的人，而台北又是許多人求學或求職必來之地，無可免除的人情，叔叔家自然成了許多親友到台北的橋頭堡。親友到了台北多會來找他，單純的拜訪或是打個尖住個一兩晚。也有來了之後找到工作決定長住的，叔叔和嬸嬸還得指點一下尋找的方向，看看在哪裡有什麼合適的房子可以租住。

叔叔既是父親的堂弟，也是少年時期帶有革命情感的好朋友，父親到台北來出差往往捨差勤宿舍而住到叔叔那裡。這次我來補習，父親便事先聯繫好讓我在他們家食宿。叔叔一直在商品檢驗局工作，一家六口住的是日式宿舍，和我們在花蓮住過的多處公司宿舍一樣是日式的，所以我住的也還習慣。叔叔只小父親一歲，頭髮比較稀疏，常常服用中藥，感覺比我父親還要滄桑一些，但沉默的叔叔比父親和善多了。上班的日子，叔叔總是騎著一部輕巧有年的單車上班。大概上下班常經過總統府吧，有一天他和我們說，他有一個願望，看看退休之後能不能有機會到總統府當開窗戶的志工，每天早上把一扇一扇的窗戶打開，然後再一扇一扇地把它們關起來，這樣就度過了一天，既是獨特工作且有益身體健康。

我在補習班雖然不太用功，去看電影或是到處遊逛什麼的，但到了傍晚一定回叔叔的家，叔叔固然和善，但負有監管我的責任，我還是得收斂一點。晚上不出門還因為叔叔家有台電視機（就是有螢幕拉門，花穗枱布上有大同寶寶那種），我每天晚上必定看一個影集，電視是我人生中的新觀賞體驗。

在台北的主要交通工具是公共汽車，但剛到台北時，有一輛單車可以讓我使用。那單車是家兄的，他早一年考上台北工專，服舊式預官役，畢業前一年的夏天到南部海軍基地去受分科教育，他的單車就放在叔叔那裡，我騎了幾個星期，直到他受完訓回台北。

剛到的第一個星期，一位也在補習班的高中同學約了幾個同學到師範大學的籃球場去打球，有運動習慣的我欣然答應。他們搭公車，我則騎單車自行前往。師大應該不難找啊，因為在我來台北之前剛看了於梨華的長篇小說《又見棕櫚又見棕欄》，主角牟天磊有幾個騎單車在台北行進的場景。不知道是怎麼誤讀的，我以為從東門沿著信義路直走就會到達師大，那天下午我從東門順著信義路往東騎，遲遲不見師大，後來經過國際學舍，又看到了師大附中，我想附中到了，師大應該就在附近了，但就是不見蹤影。最後問了路，才知道師大在和平東路而不是信義路，我依照路人好心的指示，從前面的八德路（現四維路）右轉，經過大安初中、林安泰古厝，騎到底，再右轉，直走，終於到達位在和平東路一段的師範大學。那是我生平第一次看到也是第一次「進去」的大學。

補習期間沒再到師大，除了館前路那一區之外，我多只是去羅斯福路三段的巷子裡找一位好友，看不遠處東南亞戲院的電影或到台大籃球場報隊鬥牛。

浪人生涯過得心虛，沒等補習班的學期結束，陽曆新年剛過，我便賦歸了。回家那天，在巷口等不到三輪車，火車班次的時間又逐漸接近，只好改搭計程車。原來，一九六八年開始，三輪車在台北市全面停止營業。我初到台北那天乘坐的三輪車竟是我唯一的經驗。

那個因為誤讀《又見棕櫚又見棕櫚》而繞了一大圈才到師大的插曲，似乎預告了我此後在台北生活的主要區域。兩年後，我考進了師大。四年間或住在學校宿舍或住在父親公司提供的員工子弟宿舍，都在和平東路和它的巷弄裡，更不用說那些學校附近的書店和麵攤小吃店了。國際學舍的二三輪電影也常吸引我沿大排水溝尚未加蓋的新生南路前往觀賞像《魔鬼兵團》和《卡士達將軍》這樣的片子。我的同班女友家在信義路四段，她畢業後就近分發在四維路的大安國中，我們結婚後，很自然的租住在這條路上。二樓的新居後陽台望出去是一大片菜園，日常出門都要經過林安泰古厝，不出幾年，菜園被敦化南路輾過，而古厝也拆遷到他處去了。

搬了幾次家，活動範圍往東擴展了一些，除了有幾年住到新店郊區，絕大部分的時光，我們的家都坐落在太太能步行一刻鐘抵校的範圍內，直到她退休。我的教師生涯很短暫，服完兵役後即轉入文化界工作，先是報社後是出版社，這就注定在台北行走的高機率了。除了有一段時間經常在萬華和西門町電影街走動，更長的時間我都在和平東路一段、新生南路二段、信義路二段這樣的小範圍上班，因為常換工作，這範圍也稍微往北擴充到仁愛路，往南擴充到公館一帶。可以說，我大致在台北的南區活動，更確切說是台北的東南隅。即使這些年住到台北外圍了，日常活動還是會頻繁進入台北。

如此半個世紀，生活在台北。台北已經如此熟悉（當然啦，還是有許多事務就算住一輩子也不會懂），如今去了成長之地的花蓮和其實只是短短住過幾個月的高雄故鄉都感到陌生。那我是台北人嗎？

我不會說我是，許多像我一樣生活在台北已經遠超過其他地方的朋友也都不會這樣說。想來，父祖之地、童年時光已然深刻銘記心版。

逐一問了家人，太太和孩子們毫不遲疑都說是台北人。也問了十歲的孫子，「林口人。」他說得理所當然。或許有一天我的孫子會說：「我阿公從外地來台北，開始了我們在台北的家族。」現在的台北人不多是這樣來的嗎？

叔叔退休之後，沒有機會一圓開關總統府窗戶的願望。他們家族在和平西路那裡已經住了七十幾年，他和嬸嬸曾經回鄉住了幾年，但子孫輩都在台北，自己要上醫院還是在大都市方便，便又回來台北。看起來不似我父親那般健康的他卻足足比我父親多活了十一、二年。一直以來我們每年都會去看他們，最近嬸嬸和我說當年我父母親在他們家住了好久一段日子，父親被總公司派往花蓮時是從他們家啟程的。

這一段家族史我少年時期已然知悉，補充的只是細節而已。父母親帶了不到兩歲的哥哥左遷花蓮，沒幾個月我就出生了。小時候很憧憬台北的我，對於差一點就是台北人已經不覺得有甚麼惋惜，因為住得下去為要，是不是台北人一點都沒關係。

此生是客啊，時間才是終極的主人。

勿停
進出)

車庫前
(巴士24

作者簡介（依文章順序排列）

言叔夏

一九八二年生於高雄。政治大學臺灣文學研究所博士。東海大學中文系助理教授。曾獲林榮三文學獎、國藝會創作補助、九歌年度散文獎。著有散文集《白馬走過天亮》、《沒有的生活》。

焦元溥

一九七八年生於台北。臺大政治學系國際關係學士、美國佛萊契爾學院（Fletcher School）法律與外交碩士、倫敦國王學院（King's College, London）音樂學博士，大英圖書館愛迪生研究員。著有《聽見蕭邦》、《樂之本事》與《遊藝黑白：世界鋼琴家訪問錄》（中、日文版）等專書十餘種，也擔任國家交響樂團（NSO）「焦點講座」、香港大學MUSE「音樂與文學」與臺中國家歌劇院「瘋歌劇」系列演講之策畫與主講，「20×10蕭邦音樂節」和「Debussy Touch鋼琴音樂節」

藝術總監，以及臺中古典音樂台與Taipei Bravo電台「焦點音樂」主持人（二〇一三年金鐘獎最佳非流行音樂節目獎），近年更製作並主講音頻節目「焦享樂：古典音樂入門指南」、「焦享樂：一聽就懂的古典音樂史」與「貝多芬Plus」（看理想）。

張亦絢

一九七三年出生於台北木柵。巴黎第三大學電影及視聽研究所碩士。早期作品，曾入選同志文學選與台灣文學選。另著有《我們沿河冒險》（國片優良劇本佳作）、《小道消息》、《晚間娛樂：推理不必入門書》、《看電影的慾望》，長篇小說《愛的不久時：南特／巴黎回憶錄》（台北國際書展大賞入圍）、《永別書：在我不在的時代》（台北國際書展大賞入圍），短篇小說集《性意思史》獲openbook年度好書獎。二〇一九起，在BIOS Monthly撰「麻煩電影一下」專欄。網站：nathaliechang.wixsite.com/nathaliechang

駱以軍

台灣作家，文化大學中文系文藝創作組、國立藝術學院戲劇研究所畢業。著有《西夏旅館》、《妻夢狗》、《降生十二星座》、《我們》、《臉之書》、《棄的故事》、《胡人說書》等長短篇小說及詩、散文著作。作品曾獲第三屆紅樓夢獎首獎、台灣文學獎長篇小說金典獎等。

郝譽翔

臺灣大學中國文學博士，現任台北教育大學語創系教授。曾獲金鼎獎、中國時報開卷年度好書獎、時報文學獎、台北文學獎及新聞局優良電影劇本獎等重要獎項。著有小說《幽冥物語》、《那年夏天最寧靜的海》、《初戀安妮》、《逆旅》、《洗》；散文《回來以後》、《溫泉洗去我們的憂傷》、《一瞬之夢：我的中國紀行》、《衣櫃裡的祕密旅行》；電影劇本《松鼠自殺事件》；學術論著《大虛構時代——當代台灣文學論》、《情慾世紀末——當代台灣女性小說論》等。

崔舜華

一九八五年生，曾獲林榮三文學獎、吳濁流詩獎、時報文學獎。有詩集《波麗露》、《你是我背上最明亮的廢墟》、《婀薄神》，散文集《神在》。

王聰威

小說家，一九七二年生，臺大哲學系、臺大藝術史研究所畢業。曾獲巫永福文學獎、中時開卷十大好書獎、法蘭克福國際書展選書、台北國際書展大獎決選等。著有長篇小説《生之靜物》（日文版《ここにいる》）、《師身》、《戀人曾經飛過》、《濱線女兒——哈瑪星思戀起》，中短篇小説集《複島》、《稍縱即逝的印象》，散文故事集《編輯樣II》、《編輯樣》、《作家日常》、《中山北路行七擺》、《台北不在場證明事件簿》，詩集《微小記號》等。

楊佳嫻

台灣高雄人。臺灣大學中文所博士，臺灣清華大學中文系副教授，臺北詩歌節協同策展人。著有詩集《屏息的文明》、《你的聲音充滿時間》、《少女維特》、《金烏》，散文集《海風野火花》、《雲和》、《瑪德蓮》、《小火山群》、《貓修羅》，編有《臺灣成長小説選》、《九歌105年散文選》，合編有《青春無敵早點詩：中學生新詩選》、《靈魂的領地：國民散文讀本》、《港澳台八十後詩人選集》。

羅毓嘉

一九八五年生。紅樓詩社出身，政治大學新聞系畢，臺灣大學新聞研究所碩士。在資本市場討生活。頭不頂天，腳不著地，所以寫字。著有詩集《嬰兒涉過淺塘》等五種，散文集《天黑的日子你是爐火》等三種。

王盛弘

彰化出生、台北出沒，寫散文、編報紙。曾獲九歌年度散文獎、台北文學年金、入選文訊「21世紀上升星座」等獎項，為各類文學選集常客，兩篇散文入選高中國文課本、多篇文章入列大專院校通識科教材。著有《花都開好了》、《大風吹：台灣童年》、《十三座城市》等共十本散文集，主編九歌《一〇六年散文選》等書。目前任職於報社，曾獲報紙編輯金鼎獎。

吳鈞堯

曾任《幼獅文藝》主編，曾獲九歌出版社「年度小說獎」、五四文藝獎章、文化部文學創作金鼎獎、中山大學傑出校友等，著有《火殤世紀》、《100擊》等，《重慶潮汐》記錄重慶書街變遷，入圍台灣文學金典獎。二〇一九年冬天復歸新詩寫作，詩集《靜靜如霜》二〇二一夏秋間出版。

陳宛茜

臺灣大學歷史系畢業，倫敦大學瑪麗女皇學院城市文化研究碩士。廿一世紀初開始擔任聯合報文化記者迄今，曾獲時報文學獎新詩獎、吳舜文新聞獎、兩岸新聞報導獎。著有《我們不在咖啡館》。

馬世芳

一九七一年生於台北。大學時代開始廣播生涯，曾獲六座廣播金鐘獎。主編《台灣流行音樂200最佳專輯》、《民歌四十時空地圖》、《巴布・狄倫歌詩集》等書。著有散文輯《地下鄉愁藍調》、《昨日書》、《耳朵借我》、《歌物件》，獲《聯合報》讀書人年度最佳書獎、《中國時報》開卷好書獎等。

馬翊航

一九八二年生，臺東卑南族人，池上成長，父親來自Kasavakan建和部落。臺灣大學臺灣文學研究所博士，曾任《幼獅文藝》主編。著有詩集《細軟》，合著有《終戰那一天：臺灣戰爭世代的故事》、《百年降生：1900-2000臺灣文學故事》。

陸穎魚

香港詩人，被討厭的處女座，喜歡詩，相信愛與孤獨都是戴著玻璃面具的珍珠。著有詩集

《淡水月亮》、《晚安晚安》、《抓住那個渾蛋》。Instagram：lookwingfish

馬欣

同時是音樂迷與電影癡，其實背後動機為嗜讀人性。在娛樂線擔任採訪與編輯工作二十多年，持續觀察電影與音樂，近年轉為自由文字工作者，從事專欄文字的筆耕。曾任金馬獎、金鐘獎、金曲獎流行類、金音獎、中國時報娛樂周報十大國語流行專輯評審，樂評與電影專欄文字散見於各網路、報章刊物，著有《反派的力量》、《當代寂寞考》、《長夜之光》、《階級病院》。

何致和

東華大學創作與英語文學研究所碩士，輔仁大學比較文學博士，現任中國文化大學中文系文藝創作組助理教授。著有短篇小說集《失去夜的那一夜》，長篇小說《白色城市的憂鬱》、《外島書》、《花街樹屋》、《地鐵站》。譯有《巴別塔之犬》、《時間箭》、《白噪音》等多部英文小說。

顏訥

清華大學中文所博士，中研院文哲所博士後研究員。研究香港、台灣文學傳播現象與唐宋詞、筆記性別文化空間。創作以散文、評論為主，得過一些文學獎，入選《九歌106年散文選》，散文創作計畫獲國藝會創作補助。著有散文集《幽魂訥訥》、合著有《百年降生：1900-2000臺灣文學故事》。

陳又津

一九八六年出生，專職寫作。生長於台北三重。臺灣大學戲劇學研究所碩士、美國佛蒙特藝術中心駐村作家。著有《少女忽必烈》、《準台北人》、《跨界通訊》、《新手作家求生指南》、《我媽的寶就是我》。

陳雨航

一九四九年生於花蓮。

曾任報紙副刊、雜誌、出版編輯多年。

著有短篇小說集《策馬入林》（一九七六）、《天下第一捕快》（一九八〇）；長篇小說《小鎮生活指南》（二〇一二）；散文集《日子的風景》（二〇一五）、《小村日和》（二〇一六）。

我台北，我街道

主編　胡晴舫

社長　陳蕙慧
總編輯　陳瀅如
責任編輯　陳瓊如
行銷企畫　陳雅雯、余一霞、趙鴻祐
封面設計　莊謹銘
封面插畫　莊璇
內頁攝影　余白
排版　宸遠彩藝
校對　魏秋綢

讀書共和國集團社長　郭重興
發行人　曾大福
出版　木馬文化事業股份有限公司
發行　遠足文化事業股份有限公司
地址　231 新北市新店區民權路 108-4 號 8 樓
電話　（02）2218-1417
傳真　（02）2218-0727
Email　service@bookrep.com.tw
郵撥帳號　19588272 木馬文化事業股份有限公司
客服專線　0800-221-029
法律顧問　華洋國際專利商標事務所　蘇文生律師
印刷　呈靖印刷股份有限公司
初版一刷　2021 年 8 月
初版五刷　2023 年 1 月

定價　380 元

國家圖書館出版品預行編目

我台北，我街道 / 胡晴舫主編 . -- 初版 . -- 新北市：木馬文化事業股份有限公司出版：遠足文化事業股份有限公司發行，2021.08
面；　公分
ISBN 978-626-314-010-3（平裝）
863.3　110011194